L'AMOUR EST AILLEURS

DU MÊME AUTEUR
CHEZ LE MÊME ÉDITEUR

Les Femmes de sa vie

Barbara Taylor Bradford

L'AMOUR EST AILLEURS

Roman

PRESSES DE LA CITÉ

Titre original : *Love in another town*
Traduit par Claire Dupond

Édition originale : Harper Collins, New York

ISBN : 2-258-04743-9

À mon très cher mari, Bob,
à qui je dois tant.

1

Jake Cantrell ralentit en approchant du lac Waramaug, à la hauteur de Boulders Inn, puis il freina, arrêta sa camionnette et regarda à travers le pare-brise.

Le lac était calme, sans une ride, avec un miroitement qui semblait presque argenté dans la lumière déclinante de cette fraîche journée d'avril. Jake leva les yeux vers le ciel anémique, tellement délavé qu'il paraissait aussi pâle et figé que l'eau. D'un vert sombre et abondamment boisées, les collines ondoyantes offraient un contraste marqué avec le lac qu'elles entouraient.

Jake ne pouvait s'empêcher de penser une fois de plus combien la vue était belle sous cet angle, un paysage idyllique où l'eau se mariait au ciel. Il y voyait quelque chose d'évocateur qui lui rappelait un autre lieu, il ne savait pas très bien lequel, un endroit, quelque part, où il n'était jamais allé, sauf peut-être en imagination... En Angleterre, en France, en Italie ou en Allemagne, peut-être même en Afrique, qui sait ? Un endroit où il aimerait bien aller un jour, si jamais il en avait l'occasion. Il avait toujours voulu voyager, et rêvé de se rendre dans des régions exotiques, mais, après vingt-huit années passées sur cette planète, il s'était rendu à New York à quelques reprises et deux fois à Atlanta où sa sœur Patty s'était installée.

S'abritant les yeux de la main, Jake balaya de nouveau du regard cet horizon de terre, d'eau et de ciel, puis hocha la tête. « La lumière est vraiment fantastique aujourd'hui, presque irréelle », pensa-t-il tout en poursuivant sa contemplation.

Il avait toujours été fasciné par la lumière, aussi bien naturelle qu'artificielle. Il travaillait quotidiennement avec cette dernière, tandis qu'il avait souvent tenté de transposer la première sur une toile quand il disposait d'un moment pour reprendre ses pinceaux et pratiquer son violon d'Ingres. Il prenait plaisir à peindre chaque fois qu'il le pouvait, même s'il n'était pas très doué. Il en retirait un profond sentiment de satisfaction, tout comme lorsqu'il concevait des éclairages particuliers. Il était justement en train d'exécuter un gros contrat, parsemé d'embûches, qui mettait son talent et son imagination à l'épreuve et stimulait sa créativité. Il aimait le défi.

Une voiture derrière lui klaxonna pour qu'il

avance. Sortant de sa rêverie, il appuya sur l'accélérateur et démarra.

Jake prit la route 45 Nord par laquelle il rejoindrait la 341 et filerait ensuite tout droit jusqu'à Kent. Tout en conduisant, il continuait d'observer la clarté inhabituelle de la lumière ; c'était presque la même luminosité qu'au-dessus du lac et son éclat semblait s'accentuer à mesure qu'il progressait vers le nord.

Cela ne faisait pas longtemps qu'il avait découvert que cette lumière claire et brillante était propre à cette partie de l'État que certains appelaient les hautes terres du Nord-Ouest et d'autres les collines de Litchfield. Il se souciait peu du nom que les gens donnaient à la région. Tout ce qu'il savait, c'était qu'elle était d'une beauté à vous couper le souffle et ne pouvait appartenir, pensait-il, qu'au pays du bon Dieu. Et les ciels extraordinaires, incandescents, presque inquiétants par moments, lui inspiraient très souvent une admiration mêlée d'effroi.

Même s'il était né à Hartford, y avait grandi et avait passé toute sa vie dans le Connecticut, cette région était relativement nouvelle pour lui. Pendant les quatre années et demie où il avait résidé à New Milford, il ne s'était jamais aventuré au-delà des limites de la ville. Il l'avait fait pour la première fois un an auparavant, juste après s'être finalement séparé de sa femme, Amy.

Il avait continué d'habiter New Milford, vivant

seul pendant presque un an dans un petit studio dans Bank Street. C'est à cette époque qu'il avait commencé à explorer la campagne, poussant toujours plus loin, en quête d'un nouveau logement, de quelque chose d'un peu plus spacieux que le studio, un appartement ou, de préférence, une petite maison.

C'est au bord de la route 341, près de Kent, qu'il avait découvert, trois mois plus tôt, une petite bicoque en bois blanc. Il ne lui avait fallu que quelques semaines pour la nettoyer, la repeindre et la rendre décemment habitable, après quoi il avait couru les brocanteurs des environs, les salles de vente et les soldeurs pour trouver des meubles. Il avait été étonné de tout ce qu'il avait pu dénicher, à des prix, de surcroît, qu'il jugeait raisonnables. En un rien de temps, il avait réussi à faire de sa bicoque en bois une maison pimpante et confortable. Ses dernières acquisitions avaient consisté en un lit flambant neuf, un bon tapis et un téléviseur, tous achetés dans l'un des grands magasins de Danbury. Cela faisait trois semaines qu'il avait emménagé et, depuis, il se sentait comme un roi dans son palais.

Jake roulait à une vitesse constante sans penser à quoi que ce soit de précis, si ce n'est à sa hâte d'arriver à la maison. *La maison.* Et, subitement, il se mit à songer à ce mot.

Celui-ci bourdonnait dans sa tête. « La maison », prononça-t-il à voix haute. Effectivement, il *rentrait* à la maison. Il était en route pour la maison. Il savourait cette idée, elle lui plaisait. Un sourire s'attarda sur ses lèvres sensuelles. *La maison. La maison. La maison.* Ce mot prenait soudain un sens très particulier pour lui. Il signifiait tant de choses.

Il fut sidéré à l'idée que pas une seule fois, pendant ses neuf ans de vie commune avec Amy, il n'avait qualifié leurs appartements successifs de « maison » ; quand il en parlait, il disait généralement « chez nous » ou « la baraque » ou autre chose du même genre.

Maintenant, il se rendait compte que, jusque-là, le mot « maison » avait toujours désigné la demeure où il avait été élevé par ses parents, John et Annie Cantrell, tous deux morts depuis plusieurs années.

Mais la petite maison en bois blanc, au bord de la route 341, avec sa palissade et son jardin bien tenu, était vraiment *sa* maison et elle était devenue son havre, son refuge. Il y avait plusieurs champs adjacents et dans l'un d'eux se dressait une vaste grange qu'il avait aménagée en atelier, doublé d'un studio. Pour le moment, il louait la propriété, mais elle lui plaisait tellement qu'il pensait sérieusement à l'acheter. *Si* la banque de New Milford lui accordait un prêt hypothécaire. *Si* le propriétaire acceptait de vendre. Jake n'était sûr ni de l'un ni de l'autre. Il ne pouvait qu'espérer.

En plus d'avoir des dimensions qui lui convenaient, la maison était suffisamment proche de Northville où il avait déménagé son entreprise d'éclairagiste, quelques semaines auparavant. Il avait voulu quitter New Milford parce que Amy y habitait toujours et qu'elle y travaillait. Il n'y avait pourtant aucune animosité entre eux ; en réalité, ils étaient demeurés de bons amis en dépit de leur rupture.

La séparation s'était faite de façon raisonnablement amicale, même si, au début, elle avait refusé de le laisser partir. Mais, en fin de compte, elle avait dû s'y résigner. Avait-elle le choix ? Cela faisait déjà longtemps qu'il s'était éloigné d'elle, tant affectivement que physiquement, tout en continuant à partager le même appartement à New Milford. Le jour où il avait finalement fait ses valises et lui avait indiqué clairement ses intentions pour la dernière fois, elle s'était écriée : « D'accord, Jake, je suis d'accord pour qu'on se sépare. Mais restons amis. *Je t'en prie.* »

Comme il n'était plus là mentalement depuis un bon moment déjà et qu'il avait à moitié franchi la porte, il y consentit volontiers. En quoi cela pouvait-il lui nuire ? De toute façon, si elle y trouvait un peu de réconfort, tant mieux. Il aurait accepté n'importe quoi pour faciliter son évasion, pour pouvoir la quitter pour de bon, calmement et sans autre scène de ménage.

Toutes les pensées de Jake se concentrèrent sur Amy pendant quelques minutes. Il était désolé pour elle à bien des égards. Elle n'était pas méchante. Simplement terne, sans imagination et passablement rabat-joie. Au fil des ans, elle s'était accrochée à son cou comme à une bouée de sauvetage, devenant un véritable boulet, et l'avait plongé peu à peu dans un état dépressif tout à fait inhabituel chez lui.

Il se savait intelligent, vif d'esprit et habile. Il l'avait toujours été, depuis qu'il était tout petit. En outre, il excellait dans son travail. Son patron, à la *Bolton Electric,* lui répétait sans arrêt qu'il était un véritable génie en matière de jeux d'éclairage et d'effets spéciaux. Grâce à son dynamisme, son travail acharné et son talent, il avait progressé dans la vie ; il aurait voulu aller encore plus loin, mais elle l'en avait empêché.

Amy vivait constamment dans l'angoisse, dans la crainte que les choses tournent mal s'il s'écartait le moins du monde des sentiers battus ou s'il prenait une initiative susceptible d'améliorer leur sort, leur situation et leur existence. Quand, deux ans auparavant, il avait décidé de quitter la *Bolton Electric* pour se lancer dans les affaires, elle s'y était opposée de toutes ses forces.

« Ça ne marchera jamais, tu vas te casser la figure, et qu'est-ce qu'on va devenir, alors ? s'était-elle lamentée. De toute façon, qu'est-ce que tu connais au métier d'entrepreneur ? » avait-elle ajouté nerveusement, les traits tirés, blême, la bouche pincée.

Et comme il ne lui répondait pas, elle était revenue à la charge :

« Tu es un bon électricien, Jake, je le sais. Mais tu ne connais rien aux affaires. »

Cette dernière remarque l'avait piqué au vif. La foudroyant du regard, il avait rétorqué :

« Que sais-tu de ce que je connais ou pas ? Cela fait des années que tu ne t'intéresses ni à moi ni à ce que je fais. »

Elle en était restée bouche bée, visiblement bouleversée par ce qu'il venait de dire, mais ce n'était que trop vrai. Il lui apparaissait maintenant, alors que ces mots lui revenaient à l'esprit, qu'Amy avait cessé de s'intéresser à lui dès la deuxième année de leur mariage.

Jake soupira. Tout était devenu si triste, si déprimant, et il se demandait pour la énième fois comment la situation avait pu se détériorer à ce point. Ils avaient grandi ensemble à Hartford, étaient tombés amoureux l'un de l'autre dès leur adolescence et s'étaient mariés à peine sortis de l'école. Enfin, presque. À l'époque, l'avenir lui souriait, il était chargé de promesses. Il avait des rêves et des ambitions. Amy, elle, était malheureusement dépourvue des uns comme des autres. Au bout de quelques années, il avait compris que non seulement elle s'opposait au changement avec une inflexible ténacité, mais qu'elle en avait peur.

Quels que fussent ses projets pour leur rendre la vie plus facile, elle les étouffait dans l'œuf.

Après cinq ans de mariage, il en était venu à penser qu'à force de se laisser fouler aux pieds il risquait de ne plus pouvoir se relever.

L'avenir avec Amy se présentait sous un jour tellement sinistre, tellement vide de promesses ou de bonheur, que Jake avait commencé à se détacher d'elle.

Satisfaite de se cantonner dans son train-train quotidien, elle n'avait même pas remarqué qu'il s'était éloigné d'elle, physiquement et mentalement. Il habitait peut-être le même appartement qu'elle, mais en fait il n'était plus là.

Fatalement, il avait eu quelques aventures et s'était aperçu qu'il n'en éprouvait aucun remords. Puis il avait compris avec le temps – cela faisait plus de deux ans, maintenant – que tout était fini entre eux. Jake n'avait rien d'un coureur de jupons et le fait même qu'il ait été infidèle lui révéla qu'il ne restait rien de leur relation, rien qui pût être sauvé. En tout cas, pas pour lui.

Par son apathie et ses craintes, par son manque de confiance en lui et en ses capacités, Amy avait détruit leur mariage. De plus, elle l'avait privé de tout espoir.

Tout le monde a besoin d'espérer, tout le monde a besoin de rêver... Qu'est-ce qu'un homme possède, pour l'amour du ciel, sinon ses rêves ? Amy avait piétiné les siens.

Malgré tout, il ne lui en tenait pas rigueur ; il ne pouvait que la plaindre, peut-être parce qu'il la connaissait depuis si longtemps, presque depuis toujours. Là encore, il était conscient qu'elle n'avait jamais eu l'intention de le blesser.

Il soupira de nouveau. Si Amy donnait si peu d'elle-même, c'était parce qu'elle ne pouvait en donner davantage. Elle était en train de passer à côté de la vie.

Amy était toujours jolie comme le sont les personnes très blondes, mais, comme elle ne faisait rien pour rehausser son teint délicat, cela lui donnait un air terne et fané.

« Elle ne se remariera jamais », pensa soudain Jake en un éclair de lucidité et il maugréa intérieurement. Il allait probablement devoir lui verser une pension alimentaire jusqu'à son dernier souffle. Ou jusqu'au sien. Oh ! et puis à quoi bon s'en faire ? Il savait qu'il gagnerait toujours bien sa vie. Sa confiance en lui-même était inébranlable.

Jake ralentit en arrivant devant sa maison, entra dans la cour et arrêta la camionnette devant le garage. Il passa par l'arrière et pénétra dans la cuisine.

« La maison », pensa-t-il en parcourant la cuisine des yeux. Un sourire lui vint aux lèvres. Il *était* à la maison. Il *était* libre. Il avait maintenant sa propre affaire et il s'en sortait bien. Il avait à nouveau un brillant avenir devant lui. Et ses rêves, tout compte fait, étaient restés intacts. Personne ne pouvait les lui arracher. Il était en paix avec lui-même. Et avec le monde entier. Il était même, à sa façon, en paix avec Amy. Ils finiraient bien par divorcer et par suivre chacun sa propre route.

Et puis, avec un peu de chance, il rencontrerait, un jour, une autre femme dont il tomberait amoureux. Il se remarierait. Et ils auraient peut-être un enfant. Ou même plusieurs. Une femme, une maison, une famille et sa propre entreprise. C'était là tout ce qu'il souhaitait, et cela lui paraissait simple, élémentaire. Rien de bien compliqué, en somme. Pourtant, Amy avait rendu ses rêves inaccessibles parce qu'elle n'en voulait pas. Elle n'avait même pas voulu qu'ils aient un enfant. Cela aussi lui faisait peur.

« Et si quelque chose allait de travers avec le bébé ? lui avait-elle demandé un jour, alors qu'il venait de lui dire qu'il aimerait avoir un enfant. Si le bébé naissait avec un handicap ? Qu'est-ce que nous ferions, Jake ? Je ne voudrais pas avoir un bébé handicapé. »

Sidéré, il l'avait dévisagée en se renfrognant, complètement dérouté, incapable de comprendre qu'elle puisse dire de pareilles choses. C'est à ce moment-là qu'il avait senti la colère l'envahir, et cette colère l'avait habité très longtemps.

Finalement, il y avait tout juste un an de cela, il s'était subitement rendu compte qu'Amy lui avait volé sa vie pendant tout le temps où ils avaient été mariés. Pour lui, c'était un crime. Mais il l'avait laissée faire, non ? Et, comme sa mère le lui avait dit une fois, l'on ne peut devenir une victime que si l'on y consent. Il ferait bien de ne pas oublier cette vérité, pensa-t-il.

Il avait tenté d'amener Amy à changer, mais elle le regardait alors d'un air inexpressif, ne comprenant manifestement pas où il voulait en venir.

Soudain exaspéré contre lui-même, il chassa Amy de ses pensées. Après tout, elle vivait toute seule, maintenant. Et lui aussi.

Jake ouvrit le réfrigérateur, prit une bière, la décapsula avec l'ouvre-bouteilles laissé sur le comptoir et s'appuya contre l'évier pour la boire directement au goulot, y prenant plaisir ; la bière avait toujours meilleur goût quand on la buvait à la bouteille.

Le téléphone sonna et il alla répondre.

« Allô ?

– C'est vous, Jake ? »

Il se redressa légèrement en entendant la voix.

« Oui, oui, c'est moi. Comment allez-vous, Samantha ?

– Très bien, Jake, merci. Vous n'avez pas oublié notre rendez-vous de ce soir, n'est-ce pas ?

– Non, bien sûr. Mais je suis en retard. Je rentre tout juste du travail. Je serai là-bas dans un petit moment. Un tout petit moment.

– N'allez pas vous tuer en route. Moi aussi, je

suis en retard, aujourd'hui. Bon, on se verra au théâtre.

– C'est d'accord. »

Il jeta un coup d'œil à la pendule de la cuisine. Il était exactement cinq heures et demie.

« Dans une heure environ ?

– Ça me va. Salut.

– À tout à l'heure », répondit Jake.

Et il raccrocha.

Il termina sa bière et se rendit dans sa chambre. Il ôta ses bottes et son jean, retira son gros chandail et ses sous-vêtements, puis passa dans la salle de bains pour prendre une douche.

Cinq minutes plus tard, il sortit de la douche, se sécha rapidement et, après avoir passé un peignoir, il se dirigea vers le petit salon.

Debout devant sa chaîne hi-fi, il examina les disques compacts rangés sur une étagère voisine. Son amour de la musique, surtout de la musique classique et de l'opéra, lui venait de sa mère. Celle-ci avait une voix superbe et avait grandi au milieu des airs de Verdi et de Puccini, de Mozart et de Rachmaninov, de Tchaïkovski et d'autres grands compositeurs. Il avait toujours trouvé dommage qu'elle n'ait pas pu bénéficier d'une éducation et d'une formation musicales appropriées, parce qu'elle avait une voix digne, selon lui, du Metropolitan Opera de New York.

Instinctivement, sa main se tendit vers l'une de ses œuvres préférées, *la Tosca* de Puccini, mais, après avoir contemplé quelques instants l'enregistrement de Maria Callas, il le remit en place et en prit un autre, une sélection d'arias de Puccini et de Verdi interprétées par Kiri Te Kanawa, sa chanteuse d'opéra préférée, dont la voix le ravissait. Il augmenta le volume et retourna dans la salle de bains, laissant toutes les portes ouvertes pour mieux jouir de la musique.

Jake se regarda dans le miroir de la salle de bains et passa la main sur son menton. Aucun doute là-dessus, un rasage s'imposait. Il se savonna le visage et y passa le rasoir, puis il se rinça la figure, peigna ses cheveux noirs encore humides en les rejetant en arrière. Il retourna dans sa chambre sur des arias de *Don Carlos, le Trouvère* et *la Traviata* de Verdi, chantés par Kiri Te Kanawa.

Il enfila un jean propre, une chemise assortie repassée de frais, à carreaux bleus et blancs, et un blouson bleu foncé, en écoutant la chanteuse interpréter du Verdi.

L'un des airs qu'il aimait le plus était « Vissi d'Arte » de *la Tosca* ; il revint au salon, pressa sur la touche de mise en marche du lecteur et s'assit. Il n'avait nullement l'intention d'arriver en retard à son rendez-vous avec Samantha Matthews, mais il tenait à écouter son passage préféré de *la Tosca*.

La voix de Kiri Te Kanawa emplissait la pièce, s'élevant jusqu'au plafond, et Jake s'en laissa imprégner. Il avait l'impression d'être happé par cette voix merveilleuse, par cette musique qui n'avait jamais cessé de l'émouvoir par sa beauté et sa tristesse.

Kiri Te Kanawa était la Tosca et elle chantait sa peine, son affliction, le poids de la fatalité, et Jake appuya sa tête contre le dossier et ferma les yeux, s'abandonnant à la musique.

Contre toute attente, il se sentait bouleversé. Ses larmes coulaient. Ses émotions étaient subitement mises à nu... Il était empli d'un désir immense de... Il n'aurait su dire de quoi. Et, tout à coup, il sut... Il voulait *ressentir* à nouveau. « Je sais qu'il y a autre chose, pensa-t-il, il faut qu'il y ait autre chose dans la vie. » Il laissa la musique l'envahir, détendre tout son corps, et il resta ainsi sans bouger même après la fin de l'aria. Au repos, sa figure mince et burinée semblait beaucoup moins tourmentée.

Au bout d'un petit moment, Jake revint à la réalité, extirpa son grand corps du fauteuil et alla éteindre le lecteur. Il devait être à Kent dans cinq minutes et il lui en faudrait beaucoup plus pour s'y rendre.

Il quitta la maison par la porte de la cuisine et courut jusqu'à sa camionnette.

Tout en faisant route vers Kent, il pensait à la réunion à laquelle il allait participer avec Samantha Matthews. Il l'avait rencontrée quelques semaines plus tôt, à l'occasion de ce gros contrat d'éclairage qu'il exécutait dans un manoir, pas très loin de Washington. Elle habitait à Washington et concevait et tissait à la main des tissus originaux, que le propriétaire du manoir, son client à elle aussi, avait l'intention de poser partout dans sa demeure.

Un jour qu'ils s'y trouvaient tous les deux, Samantha et lui s'étaient mis à bavarder devant une tasse de café et elle avait voulu en savoir plus long sur ces jeux d'éclairage spéciaux qu'il était en train de mettre au point pour la maison et les terrains alentour.

Quelques jours plus tard, elle lui avait téléphoné pour lui faire une proposition. Elle l'avait invité à travailler avec elle sur des décors pour une troupe de théâtre amateur de Kent, dont elle faisait partie.

Il avait accepté de venir au moins à une réunion. Celle-ci avait lieu ce soir-là. Il ne savait pas du tout à quoi s'attendre et se demandait si cette rencontre serait la seule et unique, ou la première d'une longue série.

Quoi qu'il n'en eût rien dit à Samantha, il était excité à l'idée de travailler dans un théâtre, même pour une troupe amateur. C'était un défi fantastique et une bonne occasion de développer ses connaissances, pensait-il.

Tandis qu'il suivait la route menant à Kent, l'esprit accaparé par des techniques d'éclairage, Jake Cantrell ignorait qu'il allait au-devant de son destin. Tout comme il lui était impossible de savoir que sa vie était sur le point de changer, et de changer si profondément qu'il ne serait plus jamais le même.

Quand, plus tard, il repenserait à cette soirée, ce serait avec étonnement en se rappelant à quel point elle lui avait semblé banale. Il se demanderait pourquoi il n'avait pas senti que quelque chose de capital était en train de se produire, pourquoi il ne s'était pas rendu compte qu'il s'apprêtait à mettre le cap sur sa propre vie.

2

Samantha Matthews leva les yeux du scénario qu'elle était en train d'annoter et, les sourcils froncés, fixa par-dessus la table son amie Maggie Sorrell.

« Maintenant, tu vas m'expliquer pourquoi tu penses que j'ai choisi la mauvaise pièce ! Alors que j'ai fini de distribuer les rôles et que tout le monde est en train de bûcher son texte ! s'exclama-t-elle en haussant légèrement le ton.

– Je n'ai jamais dit ça ! protesta Maggie. Je t'ai demandé *pourquoi* tu l'avais choisie. Je pensais simplement à voix haute. Honnêtement.

– Que tu aies pensé à voix haute ou non, on dirait que tu es *contre*.

– Mais pas du tout, Sam !

– Tu as des doutes, alors.

– Ça non plus. Tu sais très bien que je ne remets jamais en cause ce que tu fais. Mais je me demandais vraiment pourquoi le choix de cette pièce en particulier. C'est tout. »

Samantha hocha la tête.

« Bon, ça va, je te crois. Je sais que tu es une amie loyale et que tu ne m'as jamais laissée tomber pendant toutes ces années. Tu es la meilleure amie du monde.

– Toi aussi, tu es ma meilleure amie, murmura Maggie. Allez, vas-y, raconte. Pourquoi as-tu choisi *les Sorcières de Salem* ?

– Parce que, l'année dernière, avant que tu ne t'installes ici, nous avions monté *Annie Get Your Gun* et que ça ne me tentait pas de diriger une autre comédie musicale. Ce que je voulais mettre en scène, c'était une pièce de théâtre. Signée de préférence par un grand dramaturge américain encore en vie, et c'est pourquoi j'en ai choisi une d'Arthur Miller. Mais je dois reconnaître que ce n'était pas la seule raison...

– C'est parce que nous l'avons jouée à Bennington, il y a des siècles de cela, l'interrompit Maggie avec un sourire complice. C'est ça, n'est-ce pas ? »

Samantha se renversa contre son dossier et regarda intensément son amie pendant un petit moment, puis elle secoua lentement la tête.

« Non, pas du tout.

– Et moi qui croyais que c'était pour des raisons sentimentales, reprit Maggie en faisant la moue et en haussant les épaules. Je suis bête !

– Des raisons sentimentales ? répéta Samantha.

– Évidemment. Nous avions dix-neuf ans et nous étions vite devenues amies. Les meilleures amies du monde, d'ailleurs. Nous étions toutes deux amoureuses pour la première fois et nous montions sur les planches également pour la première fois. Dans *les Sorcières,* justement. Cela avait été une année extraordinaire pour nous, mais tu as tout oublié, non ?

– Non. Je me souviens très bien de cette année, à la fac. C'était en 1971. J'y ai d'ailleurs pensé, il y a à peine quelques jours. Et, en un sens, tu as raison. Quand j'ai choisi *les Sorcières de Salem,* j'étais passablement *sûre* de mon coup puisque je connais si bien la pièce. Mais je t'ai parlé d'une autre raison et c'est qu'Arthur Miller vit dans le Connecticut et que nous sommes une troupe du Connecticut. Alors, vas-y, Maggie, traite-moi de sentimentale si ça te fait plaisir.

– Tu es une sentimentale invétérée, même si tu prétends le contraire, répliqua Maggie.

– C'est bien possible, reconnut Samantha en riant. Quoi qu'il y en ait qui me traitent de tyran.

– Ah ! là, tu as bien raison ! repartit Maggie en éclatant de rire à son tour.

– Merci, tu es vraiment une amie. De toute façon, pour en revenir à la pièce, tu la connais parfaitement, toi aussi, et ce sera un avantage indéniable quand tu t'attaqueras aux décors.

– Es-tu consciente du mauvais sang que je me fais à propos de ce projet, Sam ? Je ne sais vraiment pas comment j'ai pu te laisser me convaincre. Je n'ai jamais dessiné de décors de toute ma vie.

– Mais tu as redécoré des pièces avec énormément de brio, surtout ces derniers temps, et puis il y a toujours un début à tout. Cela se passera très bien, tu vas voir.

– J'aimerais avoir autant confiance en moi que toi. À dire vrai, je ne sais trop par où commencer. J'ai encore relu la pièce, hier soir, mais je suis restée en panne d'inspiration. Rien, le vide complet. Tu es bien certaine qu'il n'y a personne d'autre pour te faire les décors ?

– Personne, Maggie. Ne t'en fais pas. Tu as tout simplement le trac et c'est parfaitement normal. Tout va s'arranger dès que tu prendras un crayon et que tu commenceras tes esquisses. *Fais-moi confiance.*

– J'hésite encore à te suivre, Sam. Chaque fois que je t'ai fait confiance auparavant, cela m'a valu des tas d'ennuis.

– Mais non, voyons », répliqua Samantha en éloignant sa chaise de la table de bridge.

Elle se leva et monta sur la scène tout en gesticulant.

« Il faudra que tu imagines une imposante toile de fond, Mag, et évidemment le mobilier devra être d'époque. Du *Early American*, bien entendu. Mais c'est toi l'experte, alors je me demande bien pourquoi j'en parle. »

Samantha se retourna pour faire face à son amie.

« Dans ma tête, je pense à quelque chose de spectaculaire pour la toile de fond, quelque chose qui surprenne complètement. Du noir et du blanc avec peut-être quelques touches de gris, un peu comme une grisaille. Qu'en penses-tu ? »

Maggie sauta sur ses pieds et la rejoignit sur scène, tout en acquiesçant.

« Oh ! oui, s'exclama-t-elle, enthousiasmée par le projet pour la première fois. Je vois exactement ce que tu veux dire. Il faut que ce soit austère. Presque lugubre. Très sombre, en tout cas, et très accrocheur en même temps. Je pense que le décor devra être assez étrange, sans rien de conventionnel. Nous devons surprendre le public. Tu n'es pas d'accord ? » poursuivit-elle en haussant un sourcil.

Samantha lui sourit chaleureusement.

« Bien sûr que si, et je savais que tu comprendrais dès que j'aurais mis ton brillant petit cerveau au travail. Tu as tellement de talent et d'imagination, Maggie, que je suis sûre que tu créeras exactement ce qu'il nous faut.

– Je l'espère, parce que je n'aimerais pas du tout te faire faux bond. »

Elle s'interrompit, pensive, avant d'ajouter :

« Tu sais, je pense que je vais faire un saut à New York d'ici à la fin de la semaine pour consulter quelques ouvrages sur les décors de théâtre et la scène en général.

– Oui, c'est une bonne idée. Non, attends un instant. Tu n'as pas besoin d'aller à Manhattan. Va voir à la bibliothèque de Washington et à celle de Kent. Je sais que l'une et l'autre sont bien approvisionnées. On y trouve de tout, de la soupe au dessert. »

Maggie éclata de rire, amusée qu'elle était, depuis leurs années d'université, par les expressions colorées de son amie.

Les deux femmes se tenaient au milieu de la scène et elles échangèrent des idées pour la toile de fond et les décors pendant encore quelques minutes. À un moment donné, Maggie alla chercher son carnet de croquis et commença à esquisser rapidement quelques traits, sans cesser d'écouter Samantha et d'approuver de la tête.

Âgées toutes deux de quarante-trois ans, c'étaient des femmes superbes, mais aussi différentes que le jour et la nuit, tant par leur apparence que par leur personnalité.

Samantha Matthews était mince et de taille moyenne ; ses cheveux prématurément argentés étaient coupés court avec une frange. Cette teinte ne la vieillissait pas du tout, car ses traits restaient gracieux et juvéniles. Ses grands yeux, largement écartés, étaient brun foncé et pétillants d'esprit.

Énergique, enthousiaste et sociable, elle était ouverte et amicale. Dotée d'un certain talent pour diriger les autres, elle aimait bien prendre les choses en main. Ce qui ne l'empêchait pas d'être pétrie de générosité et de s'entendre avec tout le monde.

Pour sa part, Maggie Sorrell était grande, svelte, avec des yeux d'un bleu lumineux qui savaient se montrer appréciateurs. Son épaisse chevelure châtain, coiffée vers l'arrière et tombant sur ses épaules, était traversée de reflets auburn. Même si son visage était anguleux et plus intéressant que joli, il y avait en elle quelque chose d'attirant et d'émouvant.

Maggie donnait une impression de grâce et de fluidité dans tous ses mouvements. Même si elle semblait plus pondérée que Samantha, elle possédait tout autant d'énergie et de vitalité. Simplement, son style était différent. Elle était calme, maîtresse d'elle-même. Elle était la plus tranquille et la plus réservée des deux. Néanmoins, c'était une nature vibrante, pleine de vie et d'optimisme.

Même dans leur façon de s'habiller, les deux femmes étaient fidèles à elles-mêmes. Ce soir-là, Samantha portait ce qu'elle appelait son uniforme : un jean bleu de bonne coupe, un chemisier en coton blanc, une veste en gabardine noire avec des boutons de cuivre, des Oxford noirs impeccablement cirés et des chaussettes blanches.

Maggie, qui avait tendance à être moins classique, était vêtue d'une jupe trois quarts en daim brun et d'une blouse de soie crème ; ses bottes étaient également en daim brun et un châle de cachemire lui couvrait les épaules.

Les deux femmes avaient une allure désinvolte qui faisait écho à leurs habitudes vestimentaires et leur convenait parfaitement ; elle était également un rappel de leurs origines privilégiées.

Amies intimes depuis l'université, elles étaient restées très liées, même si, pendant des années, elles avaient été séparées par des milliers de kilomètres. Elles avaient réussi à se rencontrer assez souvent, au moins deux fois par an, et elles se téléphonaient chaque semaine, d'aussi loin qu'elles pouvaient s'en souvenir. Maggie avait déménagé dans le Connecticut huit mois plus tôt, après avoir vécu un drame affreux, et elles étaient redevenues inséparables.

Le claquement d'une porte dans le fond du théâtre fit sursauter les deux femmes. Instinctivement, elles se retournèrent, tâchant de discerner quelque chose dans la pénombre de l'auditorium.

« Oh ! c'est seulement Tom Cruise », constata Samantha en même temps qu'une expression de plaisir se lisait sur son visage.

Elle agita la main avec un certain empressement vers l'homme qui descendait l'allée menant à l'avant-scène.

« *Tom Cruise !* chuchota Maggie en agrippant Samantha par le bras et en suivant son regard. Pourquoi ne m'en as-tu rien dit, grands dieux ? Il vient de s'installer par ici ? Est-ce qu'il s'intéresse à notre troupe de théâtre ? Oh ! mon Dieu ! J'espère qu'il n'a pas envie de jouer les amateurs et d'avoir un rôle dans la pièce juste pour s'amuser. Je ne pourrai jamais dessiner les décors ! Pas avec un vrai pro dans le secteur ! »

Samantha éclata de rire et dit à mi-voix :

« Pour autant que je sache, M. Cruise vit toujours en Californie. Mais le type qui vient vers nous pourrait bien être son sosie et c'est pourquoi je l'ai appelé Tom Cruise. »

Maggie lâcha le bras de Samantha pendant que le jeune homme traversait la scène pour les rejoindre.

« Je suis désolé d'être en retard, dit-il à Samantha en lui tendant la main.

– Aucune importance, répondit Samantha. Venez, vous allez faire la connaissance de mon amie. Maggie, voici Jake Cantrell. Jake, je vous présente Margaret Anne Sorrell que tout le monde appelle Maggie. Elle est décoratrice d'intérieur et elle va faire nos décors. Maggie, Jake est un génie en matière d'éclairages et d'effets spéciaux. J'espère qu'il va se joindre à notre petit groupe et travailler avec nous. Nous avons absolument besoin d'un éclairagiste de son calibre. »

Jake gratifia Samantha d'un sourire empreint de timidité et se tourna vers Maggie.

« Enchanté de faire votre connaissance », dit-il poliment en lui tendant la main.

Maggie la serra. Elle était froide et ferme.

« Moi aussi, je suis heureuse de vous connaître », murmura-t-elle.

Ils se regardèrent un bref instant.

Maggie trouva qu'il était extrêmement beau, mais se rendit compte du même coup qu'il en était complètement inconscient. « C'est un homme blessé », songea-t-elle en reconnaissant la tristesse qui se lisait dans son regard.

Jake pensa qu'il n'avait jamais rencontré une femme comme elle de toute sa vie, si belle et si élégante en même temps. Il se sentit subitement impressionné par cette femme qui le fixait si attentivement de son regard calme et intelligent.

3

Tous trois prirent place autour de la table, sur la scène, et Samantha tendit à Jake un exemplaire de la pièce.

« Merci », lui dit-il en y jetant un coup d'œil.

Puis il la regarda tandis qu'elle lui expliquait :

« Comme vous pouvez le voir, nous allons monter *les Sorcières de Salem* et je pense que vous devriez lire la pièce le plus tôt possible. »

Elle lui décocha un grand sourire avant de continuer :

« La réunion de ce soir a essentiellement pour but de nous permettre de faire connaissance. J'espère que nous pourrons nous revoir tous les trois plus tard dans la semaine, peut-être vendredi ou samedi, afin d'avoir une première discussion approfondie sur les décors. D'ici là, vous aurez une meilleure idée de ce qu'il faudrait envisager.

– Je connais déjà la pièce, répondit Jake en la regardant d'un air entendu. Très bien, même. Depuis le secondaire. Je l'ai également revue il y a quelques années. J'ai toujours aimé Arthur Miller. »

Si Samantha fut surprise en entendant ces mots, elle n'en montra rien. Elle se contenta de hocher la tête en murmurant :

« Fantastique. Évidemment, je suis ravie que vous connaissiez la pièce, cela va nous faire gagner beaucoup de temps.

– Comme je vous l'ai dit quand vous m'avez téléphoné, je n'ai encore jamais travaillé dans le théâtre, poursuivit Jake. Mais ce qu'il faudrait pour cette pièce en particulier, c'est une véritable atmosphère, et ça, je *sais* le faire. Au théâtre, les éclairages devraient faire ressortir le sens profond de la pièce, des scènes qui sont jouées, et créer une ambiance. Pour *les Sorcières,* il faudrait donner l'impression d'un... mystère. D'un épais mystère, je pense. Et d'une révélation... imminente. Et je crois qu'il sera important d'ajouter la notion de temps à celle de lieu. En l'occurrence, Salem, dans le Massachusetts, au XVIIe siècle. Les bougies vont jouer un rôle capital, tout comme les effets spéciaux. Il sera nécessaire de rendre l'aube et la nuit. Je me souviens d'une scène nocturne dans un bois. Vous aurez besoin de jeux de lumière et d'ombre qui soient intéressants... »

Il s'interrompit, se demandant s'il n'avait pas été trop loin ou, pis, s'il ne s'était pas comporté comme un idiot.

Jake s'adossa à la chaise et regarda les deux

femmes. Elles avaient les yeux rivés sur lui. Il se sentit rougir et un brusque sentiment de gêne l'envahit.

Maggie, qui l'avait observé de près avec beaucoup d'attention, s'aperçut qu'il était soudain mal à l'aise sans qu'elle pût dire pourquoi. Aussi, voulant le réconforter, elle s'empressa de déclarer :

« Vous avez mis dans le mille, Jake. Je connais bien la pièce, moi aussi, mais je sais que les décors vont me demander beaucoup d'efforts. C'est la première fois que je vais m'attaquer à des décors de théâtre. Tout comme vous, je suis novice en la matière. Nous pourrons peut-être nous aider mutuellement en cours de route. »

Un sourire aux lèvres, elle conclut :

« Samantha a eu une bonne idée en proposant qu'on se revoie plus tard dans la semaine, après que nous aurons pu tous les deux nous rafraîchir la mémoire à propos de la pièce. Moi, je suis disponible vendredi et samedi. »

Elle jeta un coup d'œil à Samantha, puis revint à lui :

« Et vous deux, quel jour vous irait le mieux ?

– Samedi », répondit Samantha.

Jake restait silencieux. Il se sentait en proie à un malaise inhabituel. Elles semblaient considérer comme acquis qu'il allait adhérer à leur groupe théâtral, alors qu'il n'était pas encore certain de vouloir le faire. Ni même d'en avoir envie. Il se demandait s'il n'avait pas trop parlé un peu plus tôt, s'il ne leur avait pas fait croire qu'il avait effectivement l'intention de se joindre à elles.

« Préférez-vous vendredi, Jake ? demanda Maggie.

– Non, je ne crois pas, répondit-il en hochant la tête. Je... »

Il s'interrompit brusquement, hésitant soudain à leur en dire plus. Cela risquait de lui demander trop de temps ; après tout, il avait une entreprise à diriger. En outre, il commençait à perdre pied avec ces deux femmes. Elles étaient tellement sûres d'elles, elles appartenaient à un autre monde dont il ignorait tout. Il y avait autre chose encore : il lui semblait qu'elles prenaient leur troupe amateur très au sérieux. Elles étaient décidées à monter un bon spectacle, cela sautait aux yeux. Il savait que Samantha Matthews était une perfectionniste, son client de Washington lui en avait parlé pas plus tard que l'autre jour. Il ne pouvait se cacher qu'elle serait un chef d'équipe difficile, très exigeant. « Mieux vaut éviter cela », pensa-t-il.

Après s'être éclairci la voix à plusieurs reprises, il se tourna vers Samantha.

« J'ai accepté de venir ce soir parce que cela m'intéresse toujours d'élargir mes connaissances et que l'idée de concevoir des éclairages pour la scène me plaît beaucoup. Mais j'ai l'impression, Samantha, que vous vous attendez à ce que je m'engage à fond, et ça, je ne peux vous le promettre. Ce que je veux dire, c'est que mon entreprise m'accapare complètement. Je travaille tard presque tous les soirs...

– Voyons, Jake, n'allez pas si vite, l'interrompit Samantha. Nous aussi, nous avons du travail par-dessus la tête, Maggie et moi. Nous devons tous gagner notre vie, vous savez. »

Une fois de plus, elle lui adressa ce large sourire dont elle avait le secret et ajouta :

« Quoi que vous en pensiez, votre participation ne sera pas si énorme. Pas vraiment. Une fois que vous aurez conçu les jeux d'éclairage, vous n'aurez plus rien à faire. C'est moi qui prendrai la suite. Je peux compter sur plusieurs bons machinistes pour m'aider, ainsi que sur un électricien.

– Ce n'est pas facile de réussir des éclairages, répondit-il. En fait, c'est très compliqué, surtout pour *cette* pièce.

– Vous avez tout à fait raison, intervint Maggie. Mais j'aimerais que vous y repensiez. Si j'en crois ce que m'a dit Sam à propos de votre travail chez les Bruce, vous connaissez drôlement bien votre métier. Écoutez, je sais ce que vous ressentez. Je viens de me lancer dans les affaires il y a quelques mois et j'y consacre toute mon énergie. Néanmoins, je pense qu'il y a beaucoup à apprendre dans cette petite aventure théâtrale. »

Elle lui sourit d'un air engageant.

Il la regarda droit dans les yeux et sentit ses cheveux se dresser sur sa nuque. Maggie Sorrell n'était pas jolie selon les canons habituels. Mais il y avait en elle quelque chose qui transcendait la simple beauté. Elle était captivante, fascinante, le genre de femme qui retient les regards des hommes. Elle possédait une élégance qui n'avait rien à voir avec ses vêtements, qui émanait de son moi profond. Il se sentit étrangement attiré vers elle. En même temps, il s'y refusait. Il n'avait encore jamais rencontré de femme comme elle ; il n'était pas certain de vouloir la connaître.

Comme il n'avait pas prononcé un seul mot, Maggie continua :

« Vous avez dit vous-même au début que cela vous permettrait d'apprendre quelque chose. En réalité, Jake, cela sera valable pour nous deux, et de bien des façons. Nous avons beaucoup à y gagner, ce qui ne pourra nuire ni à votre affaire ni à la mienne. De toute façon, je me suis rendu compte que, quoi que j'entreprenne, je finis toujours par rencontrer un client éventuel à un moment ou à un autre.

– Bravo ! Tu parles comme une vraie pro, s'exclama Samantha. Et Maggie a raison, Jake, vous pouvez tirer parti de cette expérience de multiples façons. »

Mais il gardait toujours le silence et elle insista :

« Qu'avez-vous à perdre ? »

Après avoir hésité encore un moment, il dit finalement, d'un ton calme :

« C'est essentiellement une question de temps. Je ne peux laisser mon entreprise en pâtir.

– Aucun d'entre nous ne le peut, remarqua Maggie. Allez, Jake, dites oui. Je le fais bien, moi. »

Et, sans attendre sa réponse, elle ajouta :

« Quoi qu'il en soit, je pense qu'on va bien s'amuser, tous ensemble. »

Avant d'avoir pu se retenir, il avait accepté. Il se demanda ce qui lui prenait de s'engager de la sorte. Soucieux de protéger ses arrières, il précisa aussitôt :

« Mais si ça me prend trop de temps, si ça empiète sur mon travail, je devrai tout lâcher. Vous le comprenez, n'est-ce pas ?

– Cela va de soi, répondit Samantha.

– Pour la prochaine réunion, Jake, préférez-vous vendredi ou samedi ? demanda Maggie.

– Samedi, sans aucun doute, lui dit Jake. Je finis tard le vendredi soir et je travaille aussi le samedi matin. Peut-on s'entendre pour samedi après-midi ? En fin de journée ?

– Cela me va, murmura Maggie.

– Marché conclu ! s'écria Samantha, la voix débordant d'excitation. Nous allons faire une équipe extraordinaire ! Et ça va vous plaire, Jake, vous allez voir. Ça va être une expérience fantastique. En passant, j'ai été très impressionnée par ce que vous avez dit plus tôt au sujet de l'éclairage pour la pièce. Vous avez eu des idées brillantes. Personnellement, je pense que vous avez déjà trouvé la solution.

– Je l'espère, dit-il en essayant de ne pas laisser

voir qu'il était content du compliment. J'ai toujours trouvé que cette pièce était extrêmement puissante.

– Elle l'est en effet, et elle est terrifiante aussi, en un sens, quand on pense que tout repose sur des mensonges, ces horribles mensonges que les gens racontent », observa Maggie.

Neuf heures étaient sur le point de sonner quand Jake entra dans sa cuisine. Quand il ouvrit le réfrigérateur pour y prendre une bière, il s'aperçut qu'il mourait de faim.

Après avoir avalé quelques gorgées, il alla au salon, déposa son blouson sur le dossier d'un fauteuil et revint dans la cuisine. En quelques minutes, il avait ouvert une boîte de corned-beef et un bocal de cornichons, et s'était préparé un sandwich.

Il emporta son assiette et sa bière dans le salon, les déposa sur la petite table basse au plateau de verre, s'assit, prit la télécommande et alluma le téléviseur. Il mangea son sandwich et but sa bière devant l'écran. Mais il ne s'intéressa guère au feuilleton diffusé par l'une des chaînes.

Jake avait l'esprit accaparé par la troupe de théâtre, par *les Sorcières de Salem* et par les deux femmes qu'il avait quittées un peu plus tôt. Très différentes l'une de l'autre, elles étaient toutes deux très gentilles et il les aimait bien. C'est pourquoi il s'était laissé convaincre de concevoir les éclairages pour la pièce. Mais, maintenant, il regrettait d'avoir dit oui. Il avait agi sans discernement et il savait d'instinct que le jeu n'en valait pas la chandelle. « Pourquoi me suis-je laissé embrigader là-dedans ? » se demandait-il encore et encore.

Soudain exaspéré par la télévision et par lui-même, il éteignit l'appareil et s'affala dans le fauteuil, buvant de temps en temps une gorgée de bière.

Au bout d'un moment, Jake se leva et alla jusqu'à la fenêtre où il resta debout à regarder la nuit. Il se demandait qui était vraiment Maggie Sorrell, mais il pensait aussi qu'il ne la connaîtrait jamais assez pour le découvrir.

4

Maggie Sorrell se réveilla en sursaut. Elle étendit le bras pour allumer la lampe de chevet et regarda son réveille-matin. Il était trois heures et demie.

Réprimant un gémissement, elle éteignit, s'enfouit sous les couvertures et tenta de se rendormir. Mais son esprit était agité ; elle pensait au salon et à la bibliothèque de la maison de Roxbury qu'elle était en train de redécorer pour un client. Les motifs des tissus, les échantillons des moquettes, les couleurs des peintures et les finitions des boiseries tourbillonnaient dans sa tête.

Elle renonça finalement à essayer d'harmoniser le tout mentalement. Jake Cantrell ne cessait de s'imposer à elle. Il y avait chez lui quelque chose de séduisant, de très attachant, et il avait évidemment une allure du tonnerre. « Mais il ne s'en rend pas compte, pas vraiment », pensa-t-elle de nouveau, comme elle l'avait fait quelques heures auparavant. Puis, se rappelant la tristesse qu'elle avait décelée dans ses yeux vert clair, elle se demanda ce qui, dans *sa* vie, avait pu mal tourner.

Quelqu'un avait manifestement blessé Jake Cantrell, et très profondément. Elle ne connaissait que trop bien ce regard. « Le regard des commotionnés », comme elle l'appelait.

Une femme l'avait démoli, se dit Maggie qui pensait toujours à Jake. Elle soupira. Les femmes. Les hommes. Ce qu'ils pouvaient se faire les uns aux autres au nom de l'amour était diabolique. C'était à la limite du criminel. Elle en savait quelque chose, cela lui était arrivé.

Mike Sorrell l'avait détruite aussi sûrement que s'il lui avait enfoncé un couteau dans le cœur. Pendant des années, il avait anéanti son âme.

Le drame était survenu deux ans plus tôt, mais le souvenir en était toujours vivace. Même si la douleur s'était grandement atténuée, il y avait des moments où elle resurgissait, la surprenant par son intensité. Elle avait beau essayer d'effacer les mauvais souvenirs, ils semblaient bien déterminés à s'incruster.

« J'aurai quarante-quatre ans le mois prochain », songeait-elle. *Quarante-quatre ans.* Cela lui semblait impossible. Le temps avait filé à la vitesse de l'éclair. Où étaient passées toutes ces années ? Elle connaissait la réponse à cette question. C'était Mike Sorrell qui les avait dilapidées. Elle avait consacré la majeure partie de sa vie à Michael William Sorrell, qui exerçait la profession d'avocat, et à leurs jumeaux, Hannah et

Peter, qui allaient tous deux à l'université et qui auraient bientôt vingt et un ans.

Tous les trois avaient disparu de sa vie et elle avait dû apprendre à vivre sans eux, mais la douleur était encore présente quand elle pensait aux jumeaux. Ils avaient pris fait et cause pour leur père, même si elle n'avait rien fait de mal. C'était lui, le grand coupable. Mais il était Monsieur Fric, ce qui, de toute évidence, avait lourdement pesé dans la balance.

C'est tellement affreux de découvrir que ses enfants sont cupides, mesquins et égoïstes, alors qu'on a tant fait pour les éduquer comme il faut, pour leur inculquer ses propres valeurs. Mais il n'y avait rien à faire. Ils lui avaient prouvé qu'elle avait échoué dans leur éducation.

En se rangeant dans le camp de leur père, ils avaient détruit quelque chose de fondamental au plus profond de son être. Elle leur avait donné le jour, les avait élevés, les avait soignés quand ils étaient malades. Elle avait toujours été là pour eux et elle les avait guidés tout au long de leur vie. Et ce qu'ils lui avaient fait était impardonnable, selon elle. Ils lui avaient renvoyé tous ces soins en pleine figure. Ils avaient rejeté son amour comme s'il ne valait rien.

En un sens, elle avait été davantage estomaquée par leur défection impitoyable que par l'affreuse trahison de Michael. Il l'avait abandonnée quand elle avait quarante-deux ans pour une femme plus jeune, une avocate de vingt-sept ans qui travaillait dans un cabinet juridique de Chicago.

« Mais j'ai survécu, se rappela Maggie, grâce surtout à Samantha. Et à moi-même, bien sûr. »

C'était Samantha qui lui avait tendu la main, deux ans auparavant, lors de cette atroce journée de mai, celle de son anniversaire, quand elle avait dû se résigner à l'idée qu'elle la passerait toute seule.

Hannah et Peter étudiaient tous deux à Northwestern, mais ils étaient vraiment beaucoup trop accaparés par leurs propres activités pour trouver le temps de fêter leur mère. Et leur père était parti ce matin-là pour un voyage d'affaires, sans lui souhaiter un joyeux anniversaire. Apparemment, il n'y avait même pas pensé.

Ce matin de mai, assise toute seule dans la cuisine de leur appartement de Lake Shore Drive, elle s'était sentie complètement, totalement délaissée. Et, sans son mari et ses enfants, elle l'était effectivement. Ses parents étaient décédés et elle était fille unique. En ce matin particulier, elle avait éprouvé autre chose – le sentiment d'être abandonnée, rejetée, de n'être plus bonne à rien pour personne. Après si longtemps, elle était incapable de retrouver avec précision ses émotions d'alors, mais elle avait été bouleversée ; cela, elle le savait.

Quand le téléphone avait sonné et qu'elle avait répondu pour entendre Samantha chanter « Joyeux anniversaire, joyeux anniversaire à la meilleure des amies, joyeux anniversaire, chère Maggie, joyeux anniversaire à toi ! », elle avait fondu en larmes. Entre deux sanglots, elle avait expliqué qu'elle était toute seule pour son anniversaire parce que les enfants n'avaient pas un instant à lui consacrer et que Mike était parti en voyage d'affaires.

« Tu fais ta valise, tu files à l'aéroport d'O'Hare et tu sautes dans le premier vol pour New York ! *Immédiatement !* s'était écriée Samantha. Je vais réserver au *Carlyle.* J'y ai quelques contacts et je peux habituellement y avoir une chambre. Ce soir, c'est moi qui t'invite. Dans un endroit très chic, très sélect. Alors, tu apportes ta plus belle robe. »

Quand elle avait voulu protester, Samantha ne l'avait pas laissée faire.

« Je ne veux pas entendre d'excuses. Et je n'ai pas l'intention d'accepter un non comme réponse. Tu as un avion qui décolle toutes les heures à l'heure pile. Alors, tu prends celui que tu veux et tu atterris à New York. *Pronto, pronto, pronto,* mon cœur. Je te retrouverai à l'hôtel. »

Fidèle à sa parole, Samantha l'attendait à son arrivée, débordant de chaleur et d'affection, de sympathie et de prévenance. Elles avaient passé deux jours merveilleux à Manhattan, courant les boutiques et mangeant dans de bons restaurants. Une pièce à Broadway et une visite au Metropolitan Museum avaient été obligatoirement programmées. Elles avaient également trouvé le temps de bavarder interminablement, se remémorant le temps passé au Bennington College, où elles étaient devenues amies, ainsi que la vie qu'elles avaient menée par la suite.

Samantha s'était mariée plusieurs années après Maggie. Son mari était un journaliste britannique en poste à New York. Quand elle et Angus McAllister s'étaient passé la bague au doigt, elle avait vingt-cinq ans et lui trente et un. Leur mariage avait été très heureux, mais Angus était mort cinq ans plus tard, lors du crash de l'avion qui devait le conduire en Extrême-Orient pour une mission.

Au bout d'à peine quelques mois, Samantha, qui n'avait pas d'enfants, était revenue à Washington, dans le Connecticut, où ses parents avaient longtemps possédé une maison de campagne qu'ils habitaient pendant les week-ends. Bien qu'elle ait eu le cœur brisé, elle était parvenue à surmonter sa douleur. Elle ne s'était jamais remariée, même si elle avait eu plusieurs aventures par la suite.

Lorsque, pendant ce week-end, Maggie lui avait demandé pourquoi, Samantha avait secoué la tête et répondu, dans son style coloré :

« Pas trouvé le bon, ma toute belle. Je ne demande pas mieux que de tomber follement amoureuse, comme avec Angus. Je veux sentir mes tripes se nouer et mes jambes flageoler. »

Et elle avait éclaté de rire avant d'ajouter :

« Je veux tomber dans ses bras, dans son lit et

dans sa vie pour toujours. Pour moi, ça *doit* se passer comme ça, sinon ça ne marchera pas. Alors, j'attends toujours de le rencontrer. »

Plus tard, dans l'avion qui la ramenait à Chicago, Maggie s'était avoué que son mariage avec Mike devenait plus insupportable de jour en jour. Elle ne savait pas comment y remédier. Ce fut lui qui s'en chargea. Le lendemain, revenant de son voyage d'affaires, il entra, lui annonça qu'il la quittait pour une autre femme et ressortit immédiatement.

Quand le choc se fut atténué et qu'elle eut retrouvé un certain équilibre, elle entreprit de mettre fin au gâchis provoqué par son départ inattendu.

Elle entama la procédure de divorce, mit l'appartement en vente et, après s'en être débarrassée, partit s'installer dans sa ville natale, New York.

Elle y vécut six mois, dans un petit studio loué. Ses parents étaient déjà morts, elle n'avait pas de famille et elle avait perdu tout contact avec les amis de sa jeunesse. Elle semblait condamnée à une vie de solitude.

Samantha n'eut pas beaucoup de mal à la convaincre de chercher une maison dans le nord-ouest du Connecticut.

Samantha la persuada également de reprendre son métier de décoratrice d'intérieur. Quelques années auparavant, elle avait fait ses débuts dans une agence de décoration très cotée de Chicago et elle avait adoré jusqu'au moindre aspect de son travail. Elle avait finalement dû y renoncer sous la pression de Mike.

Elle suivit les conseils de sa meilleure amie et accrocha son enseigne après avoir emménagé dans une petite maison de style colonial à Kent, dans le Connecticut. Celle-ci, un véritable bijou à son avis, se trouvait à seulement quelques kilomètres de Washington où vivait Samantha.

Grâce aux nombreuses relations de Samantha, Maggie n'avait pas tardé à obtenir des contrats de décoration. Ils n'étaient pas très importants, mais ils lui avaient permis de se remettre en selle et l'argent qu'elle gagnait servait à payer l'hypothèque.

Samantha, cette éternelle optimiste, ne cessait de lui répéter qu'elle finirait par tomber bientôt sur un gros contrat. Et Maggie la croyait parce qu'elle était elle aussi d'un naturel optimiste.

En fin de compte, Maggie se fit à l'idée que le sommeil l'avait abandonnée pour le restant de la nuit. Elle alluma, jeta de nouveau un coup d'œil au réveil et décida de se lever. Il était presque quatre heures et elle était souvent debout à cette heure-là, ce qui lui permettait d'accomplir un tas de choses avant que ne sonnent huit heures.

Une heure plus tard, Maggie s'installa à son bureau, buvant à petites gorgées le café qu'elle s'était servi dans une grosse tasse. Elle était habillée, maquillée et prête à entamer une nouvelle journée. Au cours de la matinée, elle irait en voiture jusqu'au bureau de Samantha, à Washington, pour voir les derniers tissus peints à la main par son amie pour une chambre à coucher qu'elle décorait à New Preston. Ensuite, elle soumettrait les plans de la bibliothèque au propriétaire de la maison de Roxbury. L'assortiment des échantillons d'étoffes et autres matériaux prévus pour cette pièce était au programme de la journée, et cette étape était d'une importance capitale.

Maggie commença à rassembler les petits échantillons qu'elle tirait des divers sacs de toile réunis à ses pieds. Il y avait un grand choix de rouges et de verts, les couleurs voulues par le propriétaire, mais aucune des teintes ne lui plaisait. La plupart des rouges étaient trop vifs, les verts trop pâles. « Quelque chose de sombre », ne cessait-elle de se dire. Et, pour une raison qu'elle n'aurait su expliquer, elle se mit à penser aux *Sorcières de Salem* et à la réunion de la veille.

C'est ainsi que Jake Cantrell s'insinua de nouveau dans ses pensées. Si elle voulait être honnête avec elle-même, il lui fallait reconnaître qu'elle s'était sentie plutôt ridicule de croire, même un bref instant, qu'il s'agissait de Tom Cruise. Mais Samantha s'était montrée tellement convaincante quand elle l'avait vu descendre l'allée de l'auditorium ! Et il les avait étonnées toutes les deux lorsqu'il s'était mis à expliquer comment il envisageait les éclairages. Dès cet instant, elle avait compris qu'il connaissait parfaitement son métier et qu'il était probablement aussi brillant que Samantha le lui avait assuré. Évidemment, on ne savait jamais avec Sam. « Elle a toujours eu un faible pour les beaux gosses », pensa Maggie tout en éparpillant les échantillons sur son bureau. Puis elle s'arrêta et se carra dans son fauteuil, les yeux dans le vague. « Mais il est trop jeune pour elle », murmura-t-elle à haute voix. « Et pour toi aussi », ajouta-t-elle silencieusement.

5

Jake entendit la sonnerie du téléphone au moment où il sortait de la douche. Il attrapa une serviette, s'essuya à moitié et passa son peignoir en éponge.

En entrant dans la chambre, il entendit la voix de Maggie Sorrell qui disait au revoir. Le répondeur s'arrêta dans un dernier cliquetis ; Jake appuya sur la touche pour rembobiner la bande.

La voix emplit la pièce.

« Jake, c'est Maggie Sorrell. Je viens tout juste de décrocher un gros contrat à Kent. Une ferme. C'est une magnifique vieille maison, mais il y a beaucoup à faire. Le terrain est superbe. Je me demandais si vous seriez d'accord pour vous charger de l'installation électrique. Intérieur et extérieur. Soyez gentil de me rappeler. Je suis à la maison. »

Ensuite, elle avait répété le numéro qu'elle lui avait donné le samedi d'avant, pendant la réunion du groupe de théâtre.

Jake s'assit sur son lit et réécouta le message.

Il aimait la voix de cette femme. Elle était légère, musicale, cultivée. Elle lui allait bien. Cela faisait maintenant trois fois qu'il la rencontrait, lors des réunions de travail sur *les Sorcières de Salem,* et il s'était aperçu qu'elle l'attirait énormément. Il pensait beaucoup à elle, mais il n'avait nullement l'intention d'aller plus loin. Elle ne s'intéresserait jamais à lui.

Néanmoins, il avait bien envie d'accepter le contrat d'électricité. Les gros travaux qu'il avait exécutés à Washington étaient presque terminés, et lui et son équipe n'en avaient plus que pour deux ou trois jours. Il lui fallait trouver beaucoup d'autres chantiers pour tenir occupés ses quatre employés. Deux d'entre eux, mariés, avaient une famille à leur charge, et il était pleinement conscient de ses responsabilités.

Il décrocha le téléphone pour rappeler Maggie, puis il reposa le combiné sur son support. Il ne voulait pas paraître trop impatient. Comme d'habitude, il se sentait un peu nerveux à l'idée de lui parler.

Il retourna dans la salle de bains, peigna ses cheveux humides et termina sa toilette, puis il enfila un jean et un chandail.

Un quart d'heure plus tard, il s'assit à sa table de travail dans la petite pièce, à l'arrière de la maison, qui lui servait de bureau. Il tira le téléphone vers lui et composa le numéro de Maggie.

Elle répondit sur-le-champ.

« Allô ?

– C'est Jake, Maggie.

– Ah ! bonjour, Jake. Vous avez eu mon message ?

– Oui. J'étais sous la douche lorsque vous avez téléphoné. »

Il se demanda pourquoi il lui disait cela. Il enchaîna précipitamment :

« Cette histoire de ferme, ça a l'air intéressant. Où ça se trouve, exactement ?

– Pas très loin de Kent, près de Bull's Bridge Corner, en fait. C'est une propriété magnifique et la maison a beaucoup de charme.

– Il y a vraiment beaucoup de travail à faire ?

– Je crois que oui. À dire vrai, Jake, c'est toute l'installation électrique de la ferme qui a besoin d'être refaite. Il faudra la repenser et la moderniser. On n'y a pas touché depuis trente ans. C'est mon opinion, en tout cas. La personne qui l'a achetée, ma cliente, veut faire installer la climatisation et le chauffage central, de nouveaux appareils électroménagers dans la cuisine, et elle veut aménager une buanderie. Ensuite, il y a le terrain. Il faut prévoir un éclairage extérieur dans tous les coins. Elle veut faire creuser une piscine et construire une terrasse. Oh ! il y a aussi une petite maison qu'il faudra remettre en état pour les invités, et un appartement pour les gardiens, qui sera situé à l'étage. Alors, oui, je crois qu'il y aura vraiment beaucoup à faire, conclut-elle en riant.

– Ça m'en a tout l'air, Maggie. On parle de quoi ? De six ou sept mois de travail ?

– Probablement. Peut-être un peu plus. Pourrez-vous vous en charger ?

– Oui, j'en suis pratiquement certain. Merci d'avoir pensé à moi.

– Samantha répète tout le temps que vous êtes le meilleur, et hier j'ai vu le travail que vous avez fait à Washington, dans la maison et sur les terrains. J'ai été très impressionnée.

– Merci. Quand pourrai-je voir la ferme ? J'aimerais le faire avant de prendre une décision.

– Nous pourrions y aller dans le courant de la semaine.

– D'accord.

– Vendredi, ça vous irait ? Ce sera le 14 avril.

– Parfait. Vers quelle heure ?

– Sur le coup de huit heures, qu'en dites-vous ?

– Ça me va. Comment s'y rend-on ?

– J'aurais du mal à vous l'expliquer... Il y a plein de routes en lacets. Le mieux, je crois, serait que nous nous retrouvions chez moi, puisque vous savez où c'est, et que nous partions ensemble. Ce sera plus simple et nous économiserons du temps.

– Je serai là à huit heures pile. Et, Maggie...

– Oui, Jake ?

– Merci encore d'avoir pensé à moi. »

Après avoir raccroché, Jake inscrivit son rendez-vous dans le petit agenda de poche qu'il avait toujours sur lui et dans celui de son bureau. Puis il se leva et sortit de la maison.

Tandis qu'il se dirigeait vers la camionnette,

l'idée lui vint qu'il n'avait finalement pas eu tort de se joindre à la troupe de théâtre. Il lui semblait bien qu'il allait décrocher un contrat grâce à cela. Mais il connaissait le véritable motif de son adhésion. C'était à cause d'elle, bien sûr. Il avait accepté pour Maggie Sorrell.

Il s'installa devant le volant et resta immobile quelques instants, tentant de se donner du courage. Il se rendait à un rendez-vous et cela ne l'enchantait absolument pas.

Debout au milieu de son salon, Amy Cantrell regardait lentement autour d'elle, soudain consciente du désordre qui y régnait. Elle était consternée.

Pour la première fois depuis des mois, elle avait réussi à convaincre Jake de passer dans la soirée et elle savait qu'il serait furieux. Il avait horreur de la pagaille et du désordre. Lui-même était très soigneux et il l'était depuis qu'elle le connaissait, c'est-à-dire depuis toujours. Son manque d'organisation et son désordre avaient été un motif de discorde entre eux. Elle n'avait jamais compris comment elle s'y prenait pour mettre une pièce sens dessus dessous en quelques minutes. Elle n'en avait jamais l'intention ; c'était comme cela, tout simplement.

Secouant la tête et fronçant les sourcils, elle commença rapidement à ramasser les journaux et revues éparpillés sur et sous la table basse. Elle les déposa sur une chaise, tapota les coussins du sofa et emporta les journaux dans la cuisine.

À la vue de la vaisselle sale entassée dans l'évier, elle émit un gémissement. Elle l'avait totalement oubliée. Elle jeta les journaux par terre dans un geste de colère et ouvrit le lave-vaisselle ; il était rempli à ras bord et n'avait pas été mis en marche. Elle s'efforça d'y caser un peu de vaisselle en plus et, dans sa précipitation, laissa échapper une tasse, qui se brisa.

La sonnerie stridente du téléphone se fit entendre. Elle décrocha.

« Allô ?

– C'est moi, Amy. Est-ce qu'il est déjà là ?

– Non, maman. Il n'arrivera qu'après huit heures.

– Pourquoi si tard, Amy ?

– Je n'en sais rien. Il travaille, maman.

– Parle-lui de la pension alimentaire. Dis-lui que tu veux une pension alimentaire.

– Maman, il faut que je te laisse, je t'assure. J'essaie de ranger un peu. Jake déteste le désordre.

– Qu'est-ce que ça peut te faire ? Il t'a quittée.

– Je dois te laisser, maman. Au revoir. »

Elle raccrocha avant que sa mère ait pu ajouter un seul mot.

Dans la cuisine, en s'approchant du lave-vaisselle, Amy marcha sur les tessons de faïence de la tasse brisée. Elle baissa les yeux en se mordant les lèvres. Elle alla prendre la pelle et la balayette, elle était au bord des larmes.

Elle passa les quelques minutes qui suivirent à essayer de remettre de l'ordre dans la cuisine, puis elle alla dans sa chambre. Comme d'habitude, depuis quelques jours, le lit n'était pas fait. La simple idée d'avoir à le faire l'accabla et, vaincue par les tâches ménagères restées en plan, elle fila dans la salle de bains.

Après s'être lavé la figure et brossé les dents, elle peigna ses cheveux d'un blond incolore. Ils pendaient mollement de chaque côté de son visage.

Amy Cantrell soupira en se regardant dans le miroir. Elle se demanda comment elle pourrait améliorer son apparence, tendit la main vers le fond de teint *Cover Girl,* s'en mit un peu et se poudra. Ensuite, elle rehaussa ses pommettes avec un soupçon de fard et souligna sa bouche d'un rouge à lèvres rose pâle.

Son reflet dans le miroir la mit hors d'elle. Elle n'avait pas meilleure allure qu'une minute plus tôt. Les larmes jaillirent de ses yeux. Elle avait une tête épouvantable. L'appartement était dans un état lamentable. Elle n'avait jamais su quoi faire ni pour l'une ni pour l'autre.

Son amie Mandy lui avait proposé une fois de lui apprendre à se maquiller, mais elle n'en avait jamais tenu compte. Elle se demandait pourquoi. Quant à la maison, elle n'avait jamais le temps de s'en occuper, et plus elle s'efforçait de nettoyer, plus le fouillis augmentait. Elle attrapa un mouchoir en papier, se moucha bruyamment et s'essuya les yeux. C'était vraiment trop injuste. Les autres semblaient mener leur vie si facilement, sans aucune difficulté. Mais elle, elle ne parvenait qu'à se laisser submerger par son propre désordre.

La sonnette de la porte la fit sursauter.

Mon Dieu ! il était déjà là ! Elle se précipita vers l'entrée et s'aperçut, au moment d'ouvrir, qu'elle portait encore la robe d'intérieur en coton qu'elle avait passée pour faire le ménage.

« Qui est là ? demanda-t-elle à travers la porte.

– Jake. »

Elle jeta un coup d'œil sur sa robe d'une propreté douteuse, fit une grimace et ouvrit.

« Salut, Amy, dit-il en entrant.

– Salut, Jake, répondit-elle en refermant la porte et en le suivant d'un pas léthargique.

– Comment vas-tu ? Bien, j'espère.

– Je crois, oui. Et toi ?

– Débordé. Par le travail.

– Oh ! »

Jake jeta un coup d'œil autour de lui et s'assit sur l'une des chaises.

Son expression dégoûtée n'échappa pas à Amy. Elle tressaillit intérieurement. Il s'était toujours montré méticuleux à propos de l'appartement. Elle le regarda du coin de l'œil. Il était impeccable, ce soir-là. Comme toujours. Il l'avait toujours été. Il portait un col roulé beige et un jean bleu foncé avec une veste bleu marine. Ses bottes étincelaient, ses cheveux brillaient, ses dents et son visage aussi. Il était resplendissant, comme une pièce de monnaie fraîchement frappée.

Plus consciente que jamais d'être affreuse, sinon pire, Amy s'assit simplement sur la chaise en face de lui et lui sourit.

Jake s'éclaircit la voix.

« Tu as dit que tu voulais me voir. Tu as beaucoup insisté. De quoi veux-tu me parler, Amy ?

– Du divorce.

– Nous en avons déjà tellement discuté que le sujet est épuisé, répondit-il d'un ton égal.

– Je veux seulement être certaine que tu es bien décidé, Jake.

– Je le suis, Amy. Je regrette, mais il n'est pas question de faire marche arrière. »

Ses yeux bleu pâle se mouillèrent. Elle battit des paupières pour retenir ses larmes et repoussa ses cheveux qui lui tombaient dans la figure. Essayant de se ressaisir, elle respira profondément à plusieurs reprises.

« Tu sais, j'ai été voir l'avocat, finalement. Je suis sûre que cela te fait plaisir.

– Quand y es-tu allée ? demanda-t-il.

– Hier.

– Je vois. Eh bien, je suis content que tu l'aies fait. Nous devrions en finir avec ça, Amy, afin de pouvoir régler tout le reste.

– Il m'a demandé si nous avions tenté de résoudre nos problèmes. Je lui ai dit que oui, mais que ça ne servait à rien, que ça ne marcherait pas. En es-tu vraiment certain, Jake ? Peut-être que nous devrions essayer encore une fois.

– Je ne peux pas, Amy. Vraiment, ma grande, je ne peux pas. Tout est fini. »

Les larmes coulèrent le long de ses joues.

« Oh ! Amy, je t'en prie, ne pleure pas.

– Je t'aime toujours, Jake. »

Il ne répondit pas.

« Toutes ces années, dit-elle en le regardant. Nous nous connaissons depuis l'âge de douze ans. Cela fait très, très longtemps.

– Je sais. Et c'est peut-être là le problème. Nous nous connaissons peut-être trop bien. Nous sommes devenus comme frère et sœur. Écoute-moi, Amy, tu dois te faire à l'idée que notre mariage n'existe plus et qu'il n'existe plus depuis bien des années.

Il se racla la gorge et ajouta gentiment :

« Simplement, tu ne t'en es jamais rendu compte.

– Je ne sais pas ce que je vais devenir sans toi ! sanglota-t-elle.

– Tu t'en sortiras. Je sais que tu y arriveras.

– Je ne pense pas, Jake. Voudrais-tu me donner un verre d'eau, s'il te plaît ? Veux-tu une bière ?

– Non, merci. Je vais aller te chercher un peu d'eau. »

Jake sortit du salon pour aller dans la cuisine et ne put s'empêcher de remarquer à quel point l'appartement était sale. Il se baissa pour ramasser la tasse brisée et déposa les morceaux sur le comptoir. Son regard s'arrêta sur le lave-vaisselle rempli d'assiettes sales et sur l'évier qui débordait encore plus. Il fit la grimace. Il finit par trouver dans l'armoire un verre plus ou moins propre, le rinça, le remplit d'eau froide et le lui apporta.

Amy le remercia et but à petites gorgées pendant quelques instants en le regardant par-dessus son verre. Elle essayait de trouver quelque chose à lui dire, mais les mots ne venaient pas et sa tête était complètement vide. Tout ce qu'elle voulait vraiment, c'était qu'il lui revienne. Alors, elle ne se sentirait plus aussi affreusement seule.

« Il faut que je parte, Amy, dit Jake. J'ai du travail à faire, ce soir.

– Tu n'es pas habillé pour aller travailler ! s'exclama-t-elle en le regardant d'un air furieux, en proie à une crise soudaine de jalousie.

– De la paperasse, Amy. J'en ai des piles et des piles.

– Veux-tu que je t'accompagne pour t'aider ?

– Non, non, répondit-il précipitamment en se levant. Mais merci de me l'avoir proposé », ajouta-t-il en se dirigeant vers l'entrée.

Amy déposa le verre et se leva à son tour. Elle le suivit jusqu'à la porte.

« L'avocat dit que j'ai droit à une pension alimentaire, annonça-t-elle.

– Cela ne pose aucun problème, Amy, et n'en

a jamais posé. Je t'ai toujours dit que je prendrais soin de toi.

– Alors, reste avec moi.

– Cela m'est impossible. Ce que j'ai voulu dire, c'est que je prendrai soin de toi financièrement. Dis à ton avocat d'entamer la procédure de divorce et de prendre contact avec le mien. Fais-moi envoyer les papiers, Amy, qu'on en finisse avec tout ça. »

Elle ne répondit pas.

« À bientôt, dit-il. Je te téléphonerai bientôt. »

Et comme elle ne lui répondait toujours pas, il referma doucement la porte derrière lui et partit. Pauvre Amy !

6

Le vendredi matin, Jake se rendit chez Maggie Sorrell, à Kent.

Il savait où elle habitait. Il y était allé avec Samantha Matthews, la semaine précédente, pour une autre séance de travail sur l'éclairage des *Sorcières de Salem*. Ce n'était pas très loin de chez lui, à l'autre bout de la ville, à mi-chemin de la route 7.

En sortant de la cour pour prendre la route 341 en direction du centre-ville de Kent, Jake se dit que c'était une matinée splendide, une journée d'avril comme on les souhaiterait toutes. L'air était vif et sec, le soleil brillait, le ciel était d'un bleu intense, parsemé de nuages blancs et floconneux, le type de journée qui donne à penser qu'il fait bon vivre. Il baissa la vitre de la camionnette et prit quelques bonnes bouffées d'air frais.

Jake avait de nouveau un bon moral. Après sa rencontre avec Amy, le mardi soir, il s'était senti déprimé pendant presque deux jours. Elle avait réussi à le décourager, à le vider de son énergie avec sa personnalité négative et son incapacité à se donner un but dans la vie.

Parfois, Jake se demandait comment Amy réussissait à conserver son emploi à la boutique où elle travaillait depuis des années ; cela le dépassait. C'était une boutique spécialisée dans les accessoires de salle de bains, où l'on trouvait de tout, des serviettes aux brosses à dents. Apparemment, le propriétaire tenait suffisamment à elle pour la garder en dépit de ses erreurs incessantes.

Jake jeta un coup d'œil par la vitre de la camionnette et remarqua que la lumière était cristalline. Parfait. Il aurait bien aimé trouver le temps de sortir ses pinceaux pendant le week-end, mais il savait que ce serait impossible. Il avait toute sa paperasse à terminer ; en outre, si la chance lui souriait et si Maggie l'embauchait, il devrait commencer à étudier les travaux d'électricité pour la ferme.

Il avait calculé qu'il lui faudrait une demi-heure pour se rendre chez Maggie, mais, comme il n'y avait pas de circulation, il arriva avec quinze minutes d'avance. Il stationna dans l'arrière-cour et se dirigea vers la porte de la cuisine en notant que la maison était bien entretenue et dans un parfait état pour une classique demeure de style colonial, comme on en voit tant dans le Connecticut. Les murs de bois étaient peints en blanc et les volets en vert foncé.

Il n'avait pas encore atteint la cuisine que

Maggie lui ouvrait la porte. Elle se tint sur le seuil en lui souriant.

Dès qu'il la vit, sa poitrine se serra et il sentit une bouffée de chaleur monter en lui. Pour masquer sa nervosité, sa confusion subite, il toussota plusieurs fois, puis murmura :

« Bonjour. J'ai bien peur d'être en avance. »

Elle lui tendit la main, il la serra et elle répondit :

« Bonjour, Jake. Ce n'est pas grave. Je suis debout depuis l'aube. Entrez prendre une tasse de café avant que nous partions. »

Elle lui sourit de nouveau et retira sa main de la sienne.

Il n'avait pas envie de la lâcher, mais il le fit.

« Merci. Je prendrai volontiers un café. »

Il la suivit dans la cuisine immaculée et resta debout à regarder autour de lui, un peu mal à l'aise.

« Mettez-vous à table, Jake, lui dit Maggie. Vous prenez votre café noir, si je me souviens bien, noir avec une cuillerée de sucre. »

Elle haussa l'un de ses sourcils bruns d'un air interrogateur.

« C'est ça, oui, merci », répondit-il en s'asseyant à la vieille table en pin installée dans un coin de la cuisine et en remarquant qu'elle était mise pour le petit déjeuner de deux personnes.

Lorsqu'elle passa à côté de lui, il sentit l'odeur de son shampooing que dégageait sa chevelure opulente. Il respira aussi une bouffée de son parfum, d'une légèreté aérienne, avec une fragrance florale ; il entendit le doux crissement de sa jupe de daim contre ses bottes de daim, le tintement des bracelets en or qu'elle semblait porter en permanence à l'un de ses fins poignets.

Maggie se déplaçait dans la cuisine avec agilité, mais aussi avec cette grâce qu'il avait déjà observée. Elle était grande et svelte, pleine de vie et d'énergie ; il ne pouvait la quitter des yeux. Il finit par le faire quand il en prit conscience.

Jake détourna les yeux et regarda autour de lui. Tout comme il l'avait été la semaine précédente, il était frappé par le charme inusité de la cuisine. La décoration en était remarquable, sans pourtant être surchargée. Tout était d'un goût exquis, depuis les murs et les armoires peints en blanc et les carreaux en terre cuite du plancher, jusqu'aux touches de bleu et aux ustensiles en cuivre qui étincelaient.

Des odeurs délicieuses se répandirent soudain dans l'air... Du pain tout juste sorti du four, des pommes cuites et un soupçon de cannelle qui se mêlaient à l'arôme du café. Il huma le tout et renifla.

Maggie, qui s'était retournée au même moment, lui dit :

« J'ai cuit le pain un peu plus tôt, ce matin, et il est encore chaud. En voulez-vous une tranche ? Il est délicieux, je le dis en toute immodestie.

– Avec plaisir, je vous remercie. Puis-je vous aider à quelque chose ? »

Il fit mine de se lever.

« Non, non, ça va très bien. Le café est presque prêt et je vais apporter le pain et le miel. »

Tout en parlant, elle évoluait dans la cuisine, apportant les tasses de café et, l'instant d'après, un plateau avec le pain maison, un rayon de miel et un plat rempli de pommes cuites. Elle déposa le tout au milieu de la table et s'assit en face de lui.

« J'adore les pommes au four, lui confia-t-elle. Goûtez-y. C'est délicieux avec une tranche de pain chaud et du miel.

– Volontiers », répondit-il, figé par la timidité.

Puis il pensa à dire « Merci ».

Maggie prit une gorgée de café et le regarda discrètement. Il s'était servi une pomme cuite qu'il mangeait avec délectation, puis il prit une tranche de pain chaud, y étala du beurre et du miel et mordit dedans.

Un instant plus tard, il déclara :

« Je n'avais pas mangé de pain cuit à la maison depuis mon enfance. C'est divin.

– Je sais ce que vous voulez dire », répondit-elle en riant, contente qu'il apprécie le petit déjeuner.

Elle l'avait préparé spécialement pour lui. L'idée lui était venue, quelques jours plus tôt, qu'il ne devait pas manger souvent des repas bien préparés. Elle savait par Samantha qu'il était célibataire et qu'il vivait seul dans une charmante petite maison en bois blanc, au bord de la route 341.

Maggie se demanda s'il avait une amie. C'était évidemment le cas. Avec *son* allure et *sa* gentillesse, il était plus que probable que les femmes lui tournaient autour. Elle ressentit un petit pincement, elle ne savait trop pourquoi. De l'envie ? De la jalousie ? Ou un peu des deux ? Bien entendu, il ne s'intéresserait jamais à elle. Alors, à quoi bon rêver à lui ? C'était pourtant ce qu'elle faisait depuis leur première rencontre. L'autre nuit, elle avait même rêvé qu'ils faisaient l'amour et, en y repensant, elle se sentit rougir.

Maggie se leva aussitôt et se précipita vers le comptoir, convaincue que son visage avait tourné à l'écarlate. Elle était extrêmement consciente de la présence de Jake dans sa cuisine. Il semblait la remplir de sa virilité et de sa force. Et de sa sexualité. Cela faisait des années et des années qu'elle n'avait pas éprouvé un tel sentiment.

Tout en se resservant une tasse de café, Maggie Sorrell s'imposa de chasser Jake Cantrell de ses pensées. Immédiatement. Après tout, il était beaucoup plus jeune qu'elle. Et inaccessible à bien des égards.

À l'autre bout de la cuisine, Jake gardait les yeux rivés sur elle. Elle était à moitié tournée vers lui, de sorte qu'il voyait une partie de son profil, et il fut frappé, une fois de plus, par son étrange beauté. Il émanait d'elle une grande force et pourtant elle était la femme la plus féminine qu'il ait jamais rencontrée, et tellement vulnérable. Il voulait la protéger et la chérir. Et l'aimer.

Il l'aimait déjà. Il avait succombé dès le premier soir où ils s'étaient vus.

Et il voulait faire l'amour avec elle. Il l'avait fait tellement de fois dans sa tête qu'il en arrivait à penser que cela s'était réellement passé. Mais, évidemment, il n'en était rien ; il souhaitait ardemment que cela arrive. Jake voulait lui faire l'amour sur-le-champ. Il éprouvait un terrible besoin de se lever, de traverser la cuisine, de la prendre dans ses bras et de l'embrasser passionnément. Et il voulait lui dire exactement tout ce qu'il ressentait pour elle. Mais il n'osa pas. Il dut faire appel à toute sa volonté pour rester assis.

Jake prit sa tasse de café et constata, à son grand désarroi, que sa main tremblait légèrement. Chaque fois qu'il était près d'elle, il en était complètement bouleversé. « Je la veux de toutes mes forces, pensa-t-il, mais je sais que c'est impossible. Oh ! mon Dieu ! je ne sais pas quoi faire. Je ne sais pas quoi faire avec elle. »

Maggie se tourna vers lui.

Surpris, il resta bouche bée.

« Est-ce que ça va, Jake ? demanda-t-elle.

– Oui. Pourquoi ?

– Je vous trouve un peu pâle. Et vous avez un air bizarre.

– Non, je me sens bien. Merci.

– Voudriez-vous une autre tasse de café ?

– Non, merci, répondit-il en secouant la tête. Je finis celle-ci et nous pourrons nous mettre en route, ajouta-t-il, étonné de s'entendre parler d'une voix normale.

– Je vais chercher mes affaires. J'en ai pour une minute. Excusez-moi. »

Une fois seul, il se renversa contre son dossier et laissa échapper un long soupir. Il se demanda comment il ferait pour travailler avec elle de façon permanente et se sentit envahi par un brusque accès de panique. Pendant une fraction de seconde, il envisagea de refuser le travail si elle le lui proposait. Mais il chassa aussitôt cette idée de son esprit. Il avait besoin d'un autre gros contrat s'il voulait voir prospérer son entreprise. Il n'y avait pas que cela. Il avait besoin d'être avec elle chaque jour, besoin de la sentir près de lui, si douloureux que cela puisse être.

Jake Cantrell savait en son for intérieur que ses divagations à propos de Maggie Sorrell ne cesseraient jamais. Ils venaient de mondes complètement différents. Elle ne lui avait jamais manifesté le plus petit intérêt depuis leur première rencontre, à part cette occasion de soumettre un devis pour la réfection de l'installation électrique de la ferme qu'elle avait entrepris de décorer. Il savait pertinemment qu'elle avait été impressionnée par son travail et ses connaissances en matière d'éclairage. Il faudrait bien qu'il s'en contente.

Ils avaient pris la camionnette et Jake la conduisit jusqu'à la ferme en suivant les indications de Maggie après qu'ils eurent quitté le centre de Kent.

Il était tellement attiré par elle, tellement amoureux, et désirait si fort qu'elle pense du bien de lui qu'il ne desserra pas les lèvres. Il avait peur de dire ce qu'il ne fallait pas. Il garda donc le pied sur l'accélérateur dans un silence absolu.

Pour sa part, Maggie se disait qu'il était d'un naturel timide et légèrement replié sur lui-même. Quelques jours plus tôt, elle s'était convaincue qu'il était un homme troublé, quelqu'un qui avait été profondément blessé ; et, à son avis, il avait besoin qu'on le traite avec gentillesse.

À cause de sa douloureuse expérience, Maggie éprouvait beaucoup de compassion pour lui et avait le sentiment de le comprendre, même si elle ne le connaissait pas vraiment. Après avoir lutté pendant deux ans pour surmonter son chagrin, elle avait finalement réussi à reprendre confiance en elle, mais elle était bien placée pour savoir que les blessures affectives mettent beaucoup de temps à guérir. Quand Mike l'avait plaquée et après la faillite de son mariage, elle était restée très longtemps sans rien ressentir.

Alors, elle se mit à parler doucement à Jake, de la pièce de théâtre et de leurs projets pour les décors et les éclairages. Elle réussit à le faire sortir de son mutisme ; il se montra enthousiaste et volubile quand il entreprit de décrire les techniques d'éclairage qu'il avait l'intention d'utiliser.

Elle l'écouta attentivement, en faisant une brève remarque de temps en temps. Elle le laissa faire les frais de la conversation, consciente du fait qu'il s'ouvrait à elle parce qu'il redevenait sûr de lui. Et en parlant abondamment de son travail, il reprenait confiance en lui-même.

Quelques minutes plus tard, ils passèrent des barrières blanches et empruntèrent l'allée de Havers Hill, la ferme que Maggie devait rénover et décorer.

Jake stationna devant une imposante grange peinte en rouge et fit le tour de la camionnette pour aider Maggie à descendre. Il lui tendit les mains et elle les prit. En sautant, elle perdit l'équilibre et trébucha. Il la rattrapa, la tint dans ses bras un bref instant et elle s'accrocha à lui. Ils se séparèrent rapidement en se regardant timidement.

Maggie se détourna, tira sur son blouson pour cacher sa confusion soudaine, puis se pencha à l'intérieur du véhicule pour prendre sa serviette et son sac à main.

Quand elle se fut éloignée, Jake, avalant sa salive, ferma la porte de la camionnette et fit demi-tour, tout en regardant autour de lui.

Le domaine était magnifique.

Des pelouses vertes bien entretenues descendaient en pente douce depuis l'allée, ondulant à perte de vue. Au-delà, on apercevait des prés, et, plus loin encore, des montagnes qui encerclaient partiellement la propriété. Plus près, un vieux mur de pierre longeait une pelouse plus petite où un belvédère se dressait à l'ombre d'un érable noueux et chargé d'ans, et le mur lui-même servait de toile de fond à une bordure de plantes vivaces aménagée à l'anglaise.

Il mit sa main en visière au-dessus de ses yeux. Il pouvait voir, à une certaine distance, un verger planté de pommiers.

« Quel endroit fabuleux ! s'exclama-t-il. C'est superbe. J'aimerais bien posséder quelque chose comme ça, un jour.

– Alors je suis certaine que vous y arriverez, répondit Maggie en lui souriant. Quand on veut quelque chose suffisamment fort, généralement on l'obtient, à condition de tout faire pour ça, évidemment. »

Tout en montrant du geste une série de bâtiments en face d'eux, elle poursuivit :

« Là, c'est la maison des gardiens, Jake, et ce grand bâtiment, à notre droite, c'est la ferme. Venez, je vais vous faire faire le tour. »

Elle se dirigea rapidement vers la maison, sans s'interrompre.

« J'ai prévenu la gardienne, Mme Briggs, que nous allions venir, alors la porte d'entrée doit être ouverte. »

Elle le regarda par-dessus son épaule tout en parlant.

Jake la rejoignit et ils entrèrent ensemble dans la maison, leurs épaules s'effleurant dans l'étroite entrée.

Même avec les lumières allumées, le vestibule était sombre et Jake cligna des yeux pour adapter sa vision à la pièce obscure.

« C'est très vieux, dit-il à Maggie tandis qu'ils parcouraient la maison, regardant autour d'eux, jetant un coup d'œil dans les nombreuses pièces qui donnaient sur le hall d'entrée.

– En effet. Elle date de 1740 ou 1750, dans ces eaux-là, précisa-t-elle. L'ameublement était d'époque, du plus authentique style américain, d'ailleurs. Mais la plupart des meubles ont été vendus. Ma cliente ne veut en garder que quelques-uns parmi les plus beaux.

– Vous vous rendez compte, Maggie ? Cette maison a été bâtie avant la guerre d'Indépendance américaine. Mon Dieu ! tout ce que ces murs auraient à nous raconter s'ils pouvaient parler ! »

Maggie se mit à rire.

« Je sais très bien ce que vous voulez dire. J'ai souvent pensé la même chose. En d'autres endroits, je veux dire, surtout en Angleterre et en France.

– À qui appartenait la ferme ? demanda-t-il en se tournant vers elle.

– À Mme Stead. La propriété était à la famille

Stead depuis plusieurs centaines d'années. La dernière Mme Stead est morte il y a un an et demi environ. Non, deux ans, pour être plus précis. Elle était très âgée, elle avait quatre-vingt-quinze ans quand elle est morte. Sa petite-fille, qui est anglaise, a hérité la propriété. Comme elle est mariée, qu'elle a des enfants et qu'elle habite à Londres, il va de soi que sa vie se passe de l'autre côté de l'Atlantique. C'est pourquoi elle a tout mis en vente, il y a deux ans, le domaine et la ferme avec tout ce qu'elle contient. Elle croyait qu'elle pourrait vendre Havers Hill sur-le-champ parce que c'est un endroit merveilleux. Mais elle en demandait des millions, ce qui ne correspond plus au marché des années quatre-vingt-dix. Alors, évidemment, elle n'a pas trouvé preneur. Elle a finalement dû baisser son prix.

– Beaucoup de gens qui veulent vendre leur résidence secondaire par ici ont dû se faire à l'idée que les prix des années quatre-vingt n'ont plus cours, dit Jake. Et qui l'a achetée, en fin de compte ? Qui est votre cliente ?

– C'est un couple marié. Anne et Philip Lowden. Ils ont une agence de publicité dans Madison Avenue. Ils vivent à Manhattan durant la semaine et ils cherchaient un endroit paisible à la campagne. Anne a eu le coup de foudre pour la propriété, surtout pour le terrain. Elle m'a été envoyée par un client de New Preston. Anne m'a dit qu'elle aimait la sobriété de mon style. « Pas de fioritures dans le genre nouveau riche », m'a-t-elle dit quand nous nous sommes rencontrées. Elle ne s'est même pas donné la peine de voir d'autres décorateurs, elle m'a engagée sur-le-champ pour m'occuper de tout. Anne veut que je modernise la maison de maîtres et celle des invités.

– Le bâtiment principal en a sûrement grand besoin, observa Jake qui se retourna pour faire face à Maggie. Bon, alors, par où allons-nous commencer ?

– Allons dans la cuisine, tout d'abord. Nous pouvons y laisser nos affaires, parce que c'est la seule pièce où il y a encore quelques meubles. »

Maggie suivit un petit corridor et entra dans la cuisine. C'était une pièce de taille moyenne, avec deux garde-manger attenants, deux petites fenêtres et des poutres au plafond. Elle donnait sur un potager, un vieux puits en pierre et, vers la droite, sur un jardin d'agrément.

« Les dimensions sont convenables, commenta Jake pendant qu'ils étudiaient la cuisine. Mais c'est trop sombre, il n'y a pas beaucoup de lumière naturelle. Il faudra y remédier avec un très bon éclairage artificiel.

– Je sais, murmura Maggie, et c'est le même problème dans toute la maison, Jake. C'est tellement... tellement sinistre. Pour ma part, je trouve ça assez déprimant. J'aime que ce soit aéré, qu'il y ait des couleurs claires, une impression d'espace. J'ai l'intention de supprimer cette ambiance lugubre sans ajouter trop de fenêtres. Je ne veux pas abîmer l'architecture d'époque.

Après tout, c'est pour cette raison, entre autres, que ma cliente l'a achetée. Pour son charme rustique et son cachet ancien.

– Je comprends. »

Jake parcourut de nouveau la cuisine du regard. Il leva les yeux vers le plafond, puis fit le tour de la pièce deux ou trois fois d'un air pensif.

Maggie déposa sa serviette et son sac à main sur la table de la cuisine, sortit un carnet et prit quelques notes.

« Je ne crois pas que cette pièce nous posera beaucoup de problèmes, dit Jake au bout d'un moment. Nous pourrions installer au plafond plusieurs suspensions de bonne taille, comme de vieilles lanternes, par exemple, et des appliques murales assorties, ce qui nous donnera un bon éclairage artificiel. Et vous pourriez envisager d'installer une nouvelle porte de cuisine, vitrée dans la partie supérieure.

– Oui, j'y avais pensé, en effet... Cela laissera pénétrer davantage la lumière du jour.

– Et que diriez-vous de quelques spots encastrés dans le plafond ? Pensez-vous que cela plairait à vos clients ?

– Oui, si cela reste discret. Mais vous sera-t-il possible d'en installer ?

– Je le pense. Je vais devoir ouvrir le plafond d'abord, pour voir ce qu'il y a derrière. Mais cela ne devrait pas présenter de difficultés sérieuses. Si je décroche le contrat, bien entendu. »

Maggie le regarda en fronçant légèrement les sourcils.

« Voyons, Jake, vous savez bien que vous allez l'avoir.

– Mon devis ne vous conviendra peut-être pas, il pourrait ne pas correspondre à votre budget.

– On le fera correspondre, Jake, n'est-ce pas ? »

Il lui jeta un long regard et garda le silence pendant quelques secondes. Puis il dit :

« Je crois bien que oui. Avez-vous trouvé un entrepreneur ?

– Je pense engager Ralph Sloane. Il a déjà travaillé un peu pour moi et, ces derniers jours, j'ai vu certains de ses chantiers qui m'ont impressionnée. J'aime sa façon de faire, j'aime son style. Est-ce que vous le connaissez ?

– Oui. J'ai déjà travaillé avec lui. C'est un type bien. Et allez-vous engager un architecte ? Mais peut-être n'avez-vous pas l'intention de toucher à la charpente ?

– La réponse est oui dans les deux cas, Jake. J'ai rencontré Mark Payne, l'autre jour...

– C'est le meilleur ! l'interrompit Jake d'un ton enthousiaste.

– Je le crois aussi. J'ai vu beaucoup de ses travaux et il semble être un spécialiste du style colonial. Je sais que ce projet lui plaît et je trouve qu'il a de très bonnes idées. »

Elle fit une pause avant d'ajouter :

« Je pense que je suis en train de former une bonne équipe. Qu'en dites-vous ? »

Il la regarda en hochant la tête, lui fit un petit sourire et sortit de la cuisine.

« Est-ce qu'on passe au reste de la maison ?

– Oui. Voyons les pièces de cet étage, d'abord. »

Trois heures plus tard, ils émergèrent de la ferme clignant des yeux dans le soleil. Ils revinrent lentement à la camionnette.

Jake s'appuya contre le capot et dit :

« C'est vraiment un énorme contrat, Maggie, beaucoup plus que je ne l'avais pensé. Toute l'installation électrique est à refaire. Il est évident qu'on n'y a pas touché depuis des années. Et il y a tellement d'autres choses à faire. Nous n'avons même pas parlé de l'éclairage extérieur pour le terrain.

– Je sais, fit-elle en lui jetant un regard inquiet. Vous n'êtes pas en train de me dire que vous laissez tomber, n'est-ce pas ?

– Oh ! non. Je veux ce contrat. J'en ai besoin. Vous savez que je suis en train de monter mon affaire. De toute façon, j'aime les défis. Et je veux travailler avec vous, Maggie. »

Il s'interrompit et la regarda droit dans les yeux. Soudain décidé, il prit les choses en main et lui dit d'une voix ferme :

« Allons-y. Je vous invite à déjeuner. Je connais un endroit où l'on pourra manger un hamburger ou une salade, comme vous préférez.

– Bonne idée, répondit-elle. Je meurs de faim. »

7

Quand Jake frappa à la porte de cuisine de Maggie et n'obtint pas de réponse, il ouvrit et entra de lui-même.

Elle n'était pas dans la pièce ; alors, il fit quelques pas dans la cuisine avant de passer dans le petit vestibule arrière pour gagner son bureau. Il s'arrêta subitement et resta immobile, l'oreille tendue.

Cela faisait maintenant quelques semaines qu'il connaissait Maggie Sorrell et il ne l'avait jamais vue perdre son calme. Pas plus qu'il ne l'avait entendue hausser la voix. C'était pourtant ce qui se passait, alors qu'elle était manifestement en train de parler au téléphone, dans son bureau.

« Il l'a fait volontairement ! s'exclama-t-elle. Tu ne réussiras pas à me convaincre du contraire. Et il l'a fait pour me blesser. Il ne veut tout simplement pas que je sois de la fête avec vous. »

Puis ce fut le silence.

Jake se dit qu'elle devait être en train d'écouter son interlocuteur au bout du fil. Par correction et pour s'assurer qu'elle était consciente de sa présence, il traversa le hall, frappa à la porte ouverte, passa la tête dans l'embrasure et lui fit un salut de la main.

Maggie le regarda d'un air tellement inexpressif qu'il comprit aussitôt à quel point elle était préoccupée. Au bout d'un instant, elle le salua d'un signe de tête.

Il lui répondit par un léger sourire et inclina la tête. Faisant demi-tour, il se rendit dans la petite salle d'attente qui faisait face au bureau. Il déposa l'enveloppe qu'il tenait à la main sur la table basse, s'approcha de la fenêtre et resta là, à regarder le jardin, perdu dans des pensées dont elle était le centre.

Il s'était rendu compte que Maggie était plus qu'en colère, qu'elle était bouleversée, et cela le perturbait. Il était devenu très protecteur envers elle.

Jake jeta un coup d'œil à sa montre. Ils avaient convenu de se rencontrer ce soir-là à six heures et, comme d'habitude, il était arrivé beaucoup trop tôt. Il avait l'impression d'être en avance à chacun de leurs rendez-vous. Il ne pouvait pas s'en empêcher. Il voulait être avec elle tout le temps ; il détestait le moment où ils finissaient de travailler et où il devait la quitter.

Ils ne se connaissaient que depuis cinq semaines et pourtant il avait l'impression que cela faisait beaucoup plus longtemps. Il avait découvert qu'ils avaient de nombreuses affinités, qu'ils aimaient les mêmes choses. Elle adorait la musique autant que lui et était impressionnée par ses connaissances en la matière. Il aimait parler avec elle parce qu'elle était au courant de tout ; c'était une mordue des bulletins d'informations et, tout comme lui, une auditrice assidue de CNN.

D'autres choses lui plaisaient chez elle. Elle avait un grand sens de l'humour, riait beaucoup et était très féminine. Malgré ses compétences et son talent, sa force et son esprit d'indépendance, elle n'était pas insensible. Bien au contraire. Il éprouvait constamment le besoin de veiller sur elle.

Depuis sa première visite à la ferme, deux semaines auparavant, Jake avait commencé à se détendre en sa présence et, en même temps, il se sentait plus sûr de lui. En fait, depuis ce vendredi midi où il l'avait emmenée manger un hamburger à Kent, il estimait tenir la situation bien en main.

Ces derniers temps, elle avait semblé s'en remettre à lui et le consultait souvent à propos des travaux à exécuter à la ferme. C'était seulement l'autre jour qu'il s'était aperçu – cela lui avait sauté aux yeux – qu'elle s'appuyait sur lui et il en avait été enchanté. Ils étaient maintenant de bons amis ; il souhaitait que cela aille encore plus loin.

Ce soir-là, il était venu pour discuter du devis

détaillé qu'il avait préparé pour l'installation électrique. La semaine précédente, il lui avait fourni des chiffres approximatifs ; après quoi ils avaient passé des heures interminables sur le chantier, l'examinant dans les moindres détails, tant à l'intérieur des bâtiments qu'à l'extérieur. Maintenant, il avait hâte de lui parler, de la voir approuver ses calculs.

Maggie s'encadra dans l'embrasure de la porte.

« Bonjour, Jake. »

Il se retourna et la regarda. Elle était très pâle. Comme elle restait là, hésitante, il se précipita à sa rencontre.

« Est-ce que ça va ? lui demanda-t-il doucement, s'immobilisant devant elle, ses sourcils noirs froncés réunis en un seul trait.

– Ça ira mieux dans un instant, répondit Maggie. Je crains bien de m'être mise en colère. »

Elle s'interrompit, se mordant la lèvre.

« Puis-je faire quelque chose ?

– Non, je vous remercie. »

Sa voix tremblait et elle se tut de nouveau. Soudain, ses yeux bleus s'emplirent de larmes et elle le regarda avec une expression désespérée.

« Maggie, qu'est-ce qui ne va pas ? »

Il lui était impossible de ne pas voir le chagrin qui s'inscrivait sur son visage. Inquiet, il avança d'un pas.

Au même moment, elle s'avança vers lui.

Il se rapprocha, l'attira à lui, l'entoura de ses bras.

« Maggie, Maggie, de quoi s'agit-il ? Je vous en prie, dites-moi ce qui vous ennuie.

– Je ne veux pas en parler... Ça ira mieux dans une minute... Vraiment, je vais... »

Mais elle se mit à sangloter sur son épaule, s'accrochant à lui de toutes ses forces.

Il lui caressa les cheveux et l'embrassa sur le haut de la tête, en murmurant doucement :

« Je suis là. Je vais prendre soin de vous. Je vous en prie, ne pleurez pas. Je suis là, avec vous. »

Soudainement, elle se redressa et tourna son visage vers lui pour mieux le voir. Leurs regards s'unirent. Il la sentit trembler dans ses bras et resserra son étreinte.

Les lèvres de Maggie s'écartèrent légèrement, comme en attente, et, avant qu'il ait pu s'en empêcher, il se pencha vers elle et l'embrassa passionnément sur la bouche.

Elle lui rendit son baiser, se pressant contre lui. Elle était presque aussi grande que lui et leurs corps s'épousaient parfaitement.

« Nous formons un couple idéal », pensa Jake dont le cœur battait à tout rompre.

Ils s'embrassèrent ainsi pendant un moment, puis leurs lèvres se détachèrent, ils s'écartèrent un peu et se fixèrent mutuellement, le souffle coupé, émerveillés.

Jake dit doucement :

« Cela fait si longtemps que j'attendais ce moment.

– Moi, j'attendais que tu te décides », chuchota Maggie.

Enhardi, ses yeux toujours rivés aux siens, il continua :

« J'ai eu envie de te faire l'amour dès le premier soir où nous nous sommes rencontrés.

– Et moi...

– Oh ! Maggie, Maggie.

– Jake. »

Il l'attira vers le divan ; ils s'y laissèrent tomber. Il la coucha doucement sur les coussins et s'étendit sur elle, ses yeux au fond des siens. Se penchant davantage, il baisa ses paupières, son nez, son visage et ses lèvres, laissant sa bouche descendre vers le creux de son cou, puis il commença à déboutonner sa blouse. Sa main glissa sous l'étoffe et se referma autour d'un sein qu'il réussit, sans trop savoir comment, à dégager du soutien-gorge.

Quand sa bouche trouva le mamelon, Maggie soupira profondément et un gémissement lui échappa. Alors, elle s'abandonna entièrement à ses sensations, oubliant complètement la peine et la douleur qui l'étreignaient un peu plus tôt.

Elle avait pensé à Jake sans arrêt, elle s'était vue si souvent en train de faire l'amour avec lui qu'elle pouvait à peine croire que c'était enfin arrivé.

Sa bouche était douce mais insistante, ses caresses tendres mais fermes, et quand il s'arrêta subitement, elle demeura immobile, se demandant pourquoi il s'était interrompu. Elle voulait qu'il continue.

Quelques secondes plus tard, son visage contre sa chevelure, il lui murmura doucement :

« Je t'en prie, Maggie, montons.

– Oui », répondit-elle.

Il se redressa, l'aida à se lever du divan. Ensemble, ils montèrent le large escalier, tendrement enlacés.

Maggie ouvrit la porte de sa chambre, le laissa entrer et marcha jusqu'au milieu de la pièce.

Jake referma la porte derrière lui et la suivit.

Dehors, la lumière était en train de changer. Le ciel avait pris une chaude teinte dorée et son doux éclat se répandait dans la pièce.

Il la prit par les épaules et contempla son visage.

« Tu es sûre, Maggie ?

– Je le suis, Jake.

– Parce que ensuite il sera impossible de revenir en arrière. Pour moi, en tout cas.

– Pour moi aussi. »

Il la prit dans ses bras.

Ils restèrent ainsi un long moment, s'embrassant, se caressant, explorant chacun le corps de l'autre. Ils s'écartaient, se regardaient, recommençaient à s'embrasser, enflammés par leur ardeur grandissante.

Finalement, Jake entreprit de la déshabiller. Il lui ôta sa blouse, détacha son soutien-gorge, puis sa jupe, laissant tomber le tout à ses pieds.

Elle enjamba le tas de vêtements et fixa Jake intensément, ses émotions s'affichaient sur son visage ; elle le désirait.

Jake lui rendit son regard, reconnaissant le désir qui se lisait dans ses yeux, et acquiesça. Il passa son chandail par-dessus sa tête ; Maggie s'approcha de lui et commença à déboutonner sa chemise, puis la lui ôta. Il se débattit avec ses bottes et son jean, elle lui retira ses chaussettes et ils s'étreignirent, complètement nus.

Ils étaient étroitement enlacés. Jake laissa courir ses mains robustes sur ses épaules, le long de son dos, jusqu'aux fesses ; elle lui caressait les épaules, les pressant contre son épaisse chevelure.

Il l'entraîna vers le lit. Après l'y avoir allongée, il se pencha, l'embrassa et dit :

« Je reviens dans un instant. »

Maggie resta étendue à l'attendre, son cœur battant la chamade. Cela faisait des années et des années qu'elle ne s'était pas sentie comme ça, qu'elle n'avait pas désiré un homme avec autant de force. Elle voulait qu'il se dépêche, qu'il revienne. Elle n'en pouvait plus d'attendre.

Jake traversa la chambre jusqu'au lit.

Elle le trouvait magnifique.

Il s'arrêta au pied du lit pour la regarder. Il remarqua que ses yeux étaient devenus d'un bleu incroyablement intense, tellement qu'ils en paraissaient presque violets, de ce violet tirant sur le bleu foncé qui est la couleur des pensées.

Jake y reconnut à nouveau l'expression d'un désir aigu. Il sentit la chaleur monter en lui et son excitation grandir, tandis qu'il restait là à la contempler.

« Comme elle est belle dans sa nudité, dans ce doux rayonnement doré de la lumière du couchant », pensa-t-il. Il n'avait jamais remarqué à quel point son corps était superbe, masqué qu'il était habituellement par ses lourds chandails, ses blousons épais et ses longues jupes flottantes.

Elle était très mince, remarqua-t-il, avec des hanches aux courbes douces et de longues, longues jambes. Ses seins étaient d'une rondeur parfaite, sa peau était lisse et pâle.

Plongée dans la même contemplation, Maggie se disait que le corps d'un homme pouvait être étonnamment beau. Celui de Jake l'était. Grand et svelte, il avait un torse puissant et de larges épaules au-dessus de hanches minces et de longues jambes. Il était superbe à regarder. Elle pouvait à peine en détacher ses yeux.

Jake la rejoignit enfin dans le lit.

Il la prit dans ses bras et la serra contre lui, couvrant ses cheveux et son cou de baisers, caressant de ses mains ses seins merveilleux. Il commença à l'embrasser sur la bouche.

Maggie l'embrassa à son tour avec ardeur. Leurs baisers étaient brûlants, enflammés, plus passionnés que jamais.

Jake s'appuya sur un coude, regarda son visage et dessina de son doigt le contour de sa bouche.

« Je te désire tellement, murmura-t-il, mais je ne veux pas que nous allions trop vite. Je veux prolonger ce moment, le savourer. Tu m'excites vraiment, Maggie ; si on ne fait pas attention, ça se terminera trop vite. »

Elle esquissa un sourire, sans rien dire.

Il continua, du même ton paisible.

« J'attendais ce moment depuis si longtemps, je mourais d'envie d'être avec toi.

– J'éprouvais la même chose. »

Elle s'arrêta, le fixant attentivement, et ajouta :

« Mais je pensais que je ne t'intéressais pas.

– Je pensais la même chose... de toi. »

Elle se redressa et lui effleura la figure du bout des doigts.

« Nous sommes deux idiots. »

Elle lui passa un doigt sur la bouche, dans un geste qui parut à Jake d'une sensualité extrême.

Il prit sa main, mit ce doigt dans sa bouche et commença à le sucer, l'entourant de sa langue. Maggie sentit la chaleur l'envahir, se répandre dans ses reins. Il l'excitait... C'était tellement érotique, la façon dont il suçait son doigt. Elle était de plus en plus moite.

Au bout d'un moment, il s'arrêta et dit, d'une voix étranglée par l'émotion :

« Je t'aime, Maggie, je veux que tu l'entendes maintenant. Pas dans le feu de l'acte, où je pourrais très bien te le dire. Je veux que tu saches que c'est vrai, que ce n'est pas seulement une attirance sexuelle. »

Surprise, elle se contenta d'incliner la tête.

Passant les bras autour de son cou, elle attira son visage vers le sien. Elle l'embrassa profondément, comme lui l'avait embrassée. Leurs bouches se soudèrent, leurs langues s'entremêlèrent. Maggie avait l'impression qu'il la vidait de son propre souffle et son excitation ne connut plus de bornes. Le désir la submergeait, la rendait aveugle à tout, sauf à lui.

Brusquement, Jake bougea la tête et se mit à embrasser ses seins réunis dans la coupe de ses mains, sa bouche passant d'un mamelon à l'autre, les frottant de ses lèvres jusqu'à ce qu'ils se dressent au centre de leurs aréoles d'un prune sombre.

Jake continua, frissonnant à son contact, les sens exacerbés, sa bouche descendant le long du ventre et ses mains suivant le mouvement, caressantes et nerveuses tout à la fois, jusqu'à ce qu'elles viennent s'immobiliser sur le triangle duveteux au haut de ses cuisses.

Jake leva la tête et regarda son visage. Elle avait les yeux fermés.

« Maggie, murmura-t-il.

– Oui ?

– Est-ce que ça te plaît ? Est-ce que je peux t'aimer comme ça ?

– Oh ! oui ! »

Il commença alors à lui faire l'amour tendrement, attentif à son plaisir. Il la toucha au plus profond d'elle-même, doucement d'abord, puis, à mesure que ses doigts souples commençaient à mieux la connaître, ils se firent plus insistants. Il explora et massa la fleur de sa féminité avec une dextérité à la limite du supportable, prenant plaisir à la toucher d'une façon si intime, la sentant naître sous ses mains.

Maggie restait immobile, respirant à peine. Son désir pour lui devenait lancinant ; son corps mourait d'envie de s'unir au sien. Elle sentait qu'elle s'ouvrait à lui de plus en plus, tandis qu'il laissait sa bouche succéder à ses doigts. Il la couvrait de baisers et sa langue était une flèche qui filait vers le centre de la cible. Elle vibrait sous l'effet de ses baisers.

Et puis, subitement, elle se sentit happée par une spirale qui l'emporta vers l'extase, tandis que des vagues et des vagues de plaisir déferlaient en elle. Elle se contracta, le corps légèrement cambré, pendant qu'il l'amenait à l'orgasme ; et elle cria son nom d'une voix saccadée.

Jake la recouvrit de son corps et lui écarta les jambes avec les siennes. Son érection était énorme, mais elle était prête à l'accueillir et il se glissa en elle, s'y enfonçant profondément.

Maggie haletait, bougeant avec lui, accordant son rythme au sien, flottant avec lui dans une dimension qu'elle n'avait encore jamais atteinte.

Elle s'éleva de plus en plus haut tandis qu'il s'enfonçait toujours plus loin en elle, et, une nouvelle fois, les vagues de l'extase resurgirent, prêtes à l'engloutir.

Jake savait que son âme s'était fondue dans la sienne. Il se sentait fort et dur en elle, et ils chevauchèrent en même temps la crête de son second orgasme. C'était ainsi que cela devait être. C'était ainsi que cela aurait toujours dû être et ne l'avait jamais été pour lui. Jusqu'à ce qu'elle entre dans sa vie.

Elle montait de plus en plus haut, volant vers l'inconnu, répétant son nom encore et encore.

Il se laissa partir, s'envolant avec elle, s'offrant à elle, dérivant avec elle et en elle. Et il criait :

« Oh ! Maggie ! Oh ! mon amour ! »

Le ciel avait de nouveau changé de couleur et sa chaude teinte dorée s'émaillait maintenant de cramoisi, de magenta et de violet. C'était l'heure magique, celle du crépuscule, juste avant la tombée de la nuit, l'heure où tout semble léger, teinté de rose, paisible.

Jake était allongé sur Maggie, la tête entre ses seins. Les mains de Maggie reposaient sur ses épaules. Après un petit moment, elle commença à lui caresser le dos, puis les cheveux.

D'une voix assourdie, il murmura :

« Je ne veux plus jamais bouger. Je veux rester comme ça pour toujours. »

Maggie ne dit rien. Elle se pencha vers lui et l'embrassa sur le sommet du crâne, pensant à ce qu'il lui avait dit avant leur étreinte passionnée. Il lui avait dit qu'il l'aimait, la surprenant par cette déclaration. Mais elle le croyait. Jake pensait toujours ce qu'il disait et il était parfaitement sincère. Elle ressentait la même chose envers lui, mais cela faisait des jours qu'elle étouffait ses sentiments, convaincue de ne pas l'intéresser du tout. Elle s'était vraiment bien trompée. Mais cela ne les mènerait nulle part, une trop grande différence d'âge les séparait.

Incapable de se retenir, Maggie dit :

« Je suis beaucoup plus vieille que toi, Jake.

– J'aime les femmes âgées, répondit-il en riant. Elles sont plus intéressantes. De toute façon, tu n'en as pas l'air.

– Mais je le suis. J'ai presque quarante-quatre ans.

– Les chiffres ne veulent rien dire. Et je te le répète, on ne te donnerait guère plus de trente-deux, trente-trois ans. Et puis qui s'en soucie ?

– Moi. Quel âge as-tu ?

– Quel âge me donnes-tu ? demanda-t-il d'un ton taquin.

– Trente, trente et un ans.

– Faux. Essaie encore.

– Je n'en sais rien. Allez, dis-le-moi.

– J'aurai seize ans en juin.

– Allons, Jake, sois un peu sérieux. »

Il se mit à rire.

« Bon, bon. J'ai vingt-huit ans jusqu'au 12 juin. Ensuite, j'en aurai vingt-neuf.

– Mais ça fait quinze ans...

– Mais qui va calculer ? » s'écria-t-il péremptoire en lui coupant la parole.

Presque aussitôt, il se retrouva sur elle. Il était on ne peut plus prêt et il la pénétra rapidement, sans préambule, la possédant avec encore plus de fougue que la première fois.

« Oh ! mon Dieu, comme je te veux, gémit-il, la bouche contre ses cheveux. Je n'ai jamais voulu une femme comme je te veux, Maggie. Je veux tout de toi, je veux la moindre parcelle de toi. Viens vers moi, je t'en prie, viens à moi.

– Oh ! Jake ! cria-t-elle, moi aussi, je te veux, je te veux si fort. »

Il mit les mains sous ses fesses et la serra plus fort contre lui. Ils bougeaient ensemble avec une grâce rythmique, se soulevaient et retombaient, fondus en un seul corps. Ils atteignirent l'orgasme et s'anéantirent dans le feu de leur passion mutuelle.

Ensuite, ils restèrent étendus sans bouger, respirant à un rythme rapide et saccadé.

Quand Jake eut repris ses esprits, il lui chuchota dans le cou :

« Et tu crois que l'âge a de l'importance... C'est ça qui compte, cette... alchimie entre nous, Maggie. Cela n'arrive pas souvent, en tout cas pas comme ça, pas avec cette intensité. C'est très rare... »

Comme elle ne disait rien, il reprit :

« Tu le sais, n'est-ce pas ?

– Oui.

– Ce qui se passe entre nous est quelque chose d'extrêmement puissant et, crois-moi, l'âge n'a rien à voir avec cela. »

Ils dînèrent ensemble dans la cuisine. Maggie avait rapidement préparé un repas très simple : des œufs brouillés, des muffins à l'anglaise et du café.

« J'ai bien peur que ça ne tienne davantage du petit déjeuner que du dîner, dit Maggie en lui souriant de l'autre côté de la table. Je n'ai pas eu le temps de faire les courses, cette semaine.

– Cela ne me dérange pas, je meurs de faim, répondit Jake en lui rendant son sourire. Est-ce que je pourrai avoir la même chose pour le petit déjeuner, s'il te plaît ? ajouta-t-il. Tu vas me laisser dormir avec toi cette nuit, n'est-ce pas ?

– Si tu veux, répondit-elle, se sentant subitement intimidée.

– Je le veux. »

Il étendit le bras, lui prit la main et la serra. Puis il la porta à ses lèvres et embrassa ses doigts :

« Tu as des mains ravissantes, Maggie. Tes doigts sont si longs, si souples. Et *tu es* si belle. Mon Dieu ! tu me fais un effet terrible... Je pourrais retourner tout de suite au lit avec toi et tout recommencer. »

Tout en parlant, il baisait le bout de ses doigts, leurs phalanges et les espaces entre elles. Ensuite, il retourna sa main et en baisa la paume. Au bout d'une seconde, il leva les yeux vers elle.

« Ce qui nous arrive est vraiment très fort Maggie. Il ne faut pas que tu en doutes. »

Elle le regarda à son tour. Son visage était sérieux et ses yeux d'un vert profond étaient si intenses, emplis de tant de tendresse qu'elle en fut émue. Elle-même sentit sa gorge se nouer sans savoir pourquoi.

« Oh ! Jake ! »

Elle ne put rien dire de plus et, pendant une fraction de seconde, elle crut qu'elle allait fondre en larmes.

Comme s'il l'avait deviné et voulait y parer, Jake se leva et lui proposa :

« Encore un peu de café ?

– Non, merci », dit-elle en secouant la tête.

Il alla remplir sa tasse et revint s'asseoir à table, en face d'elle.

Un bref silence s'installa entre eux. Il fut rompu par Jake qui dit à voix basse :

« Tu étais très secouée, un peu plus tôt, Maggie.

– Oui, en effet », reconnut-elle.

Elle le regarda d'un air sincère et ajouta :

« Je pense que je te dois une explication.

– Si tu veux, mais cela dépend de toi. Je ne voudrais pas être indiscret.

– Il y a quelques semaines, Samantha a fait allusion à mon divorce. Donc, tu sais que j'ai déjà été mariée. Tu l'as compris, n'est-ce pas ?

– Oui, je l'avais compris.

– Mais ce que tu ignores, c'est que j'ai deux enfants. Des jumeaux. Un garçon et une fille. Ils vont avoir vingt et un ans dans une quinzaine de jours. Ils vivent à Chicago. Ils étudient à Northwestern. Quoi qu'il en soit, j'avais espéré que nous pourrions être tous ensemble pour leur anniversaire, mais leur père les emmène passer un long week-end en Californie. Quand tu es arrivé en début de soirée, je parlais avec ma fille, Hannah, qui était en train de me raconter tout ça. Alors, naturellement, j'ai été complètement retournée de voir qu'ils m'excluaient comme ça.

– Je te comprends. C'est vraiment un coup bas, non ? fit-il en haussant un sourcil d'un air perplexe. Enfin, moi, je trouve que c'en est un.

– Je suis bien d'accord, dit Maggie en secouant la tête. Mais j'aurais dû m'y attendre.

– Que veux-tu dire ? »

Elle soupira.

« Tu n'as jamais été marié, tu n'as jamais eu d'enfants, Jake, alors tu aurais du mal à comprendre toutes les ramifications. De toute façon, je préfère ne plus en parler. Je voulais simplement que tu saches que j'étais bouleversée pour des raisons personnelles et non professionnelles. »

Il acquiesça de la tête et changea de sujet.

8

La sonnerie du téléphonc obligea Maggie à sortir de la douche en vitesse. Elle attrapa une grande serviette de bain, s'enveloppa dedans et courut jusqu'à sa chambre.

Elle décrocha.

« Allô ?

– C'est moi.

– Bonjour, Jake ! s'exclama-t-elle, toujours ravie d'entendre sa voix. On se voit bien à dix heures, n'est-ce pas ?

– Bien sûr, répondit-il aussitôt. Mais j'aimerais te rencontrer un peu plus tôt. Est-ce que c'est possible ?

– C'est d'accord, Jake, mais y a-t-il quelque chose qui ne va pas ? »

Il hésita un bref instant avant de répondre :

« Non, pas vraiment, Maggie. Je voudrais juste te parler de quelque chose, c'est tout.

– De quoi s'agit-il ? Tu as l'air bizarre. Dis-le-moi maintenant, Jake, dis-le au téléphone.

– Je préfère te parler de vive voix, Maggie, face à face. Vraiment. »

Quelque chose dans sa voix l'inquiéta, mais elle le connaissait suffisamment pour savoir qu'il ne céderait pas à son insistance. Alors, elle répondit :

« Bon, c'est d'accord. Vers quelle heure veux-tu venir ?

– Neuf heures et demie. Est-ce que ça te convient ?

– Oui, cela me va. Veux-tu venir ici ?

– Non, je te retrouverai au chantier, répondit-il très vite.

– Parfait.

– À tout à l'heure.

– Au revoir, Jake. »

Maggie resta immobile, la main sur le téléphone, l'air perplexe. Jake avait une voix étrange, tout comme l'étaient ses phrases et leur contenu. Il avait été presque brusque avec elle, mais pas tout à fait. Cela ne lui ressemblait pas. Elle avait également décelé chez lui une certaine nervosité et elle ne pouvait s'empêcher de se demander s'il n'avait pas l'intention de rompre. De quoi d'autre aurait-il pu s'agir, sinon ?

Elle s'assit pesamment sur le lit et frissonna, en dépit de ce joli matin de mai, chaud et ensoleillé. Elle était au désespoir. Oui, c'était bien cela. Il allait mettre fin à leur relation. Elle soupira, se laissa aller contre les oreillers et ferma les yeux pour penser à Jake Cantrell. Cela faisait exactement une semaine, ce jour-là, qu'ils avaient fait l'amour pour la première fois, dans ce même lit.

Une étreinte démente, grisante, passionnée. Il s'était montré insatiable, incapable d'assouvir ce désir qu'il avait d'elle, la ramenant au lit après leur dîner d'œufs brouillés, à la fortune du pot. Et elle avait ressenti les mêmes émotions : le désir l'avait submergée.

Maggie avait l'impression que, depuis, ils n'avaient pas cessé de faire l'amour, bien que ce ne fût pas tout à fait exact. Ils avaient réussi à abattre une énorme quantité de travail à la ferme, « sur le chantier », comme il disait.

Mais, maintenant qu'elle y repensait, ces deux ou trois derniers jours, il avait eu un comportement étrange, se montrant timide et réservé avec elle. Elle se rendit compte tout à coup qu'il s'était conduit de la même façon que le premier soir, quand ils s'étaient réunis avec Samantha pour discuter des *Sorcières de Salem.*

Maggie rouvrit les yeux ; elle décida de se lever et sauta en bas du lit. Elle retourna dans la salle de bains, termina sa toilette, puis revint dans sa chambre pour s'habiller en prévision de la journée de travail qui l'attendait.

Comme il faisait beau et chaud, elle choisit un pantalon léger en gabardine bleu marine avec la veste assortie et enfila un tee-shirt de coton blanc. Après s'être habillée, elle descendit immédiatement dans son bureau et mit ses papiers dans sa serviette.

Quelques minutes plus tard, juste avant neuf heures, elle quitta la maison, sachant qu'il lui faudrait une bonne demi-heure pour se rendre en voiture à la ferme, située près de Bull's Bridge Corner, dans Kent-Sud.

Quand elle arriva, la camionnette de Jake était déjà devant la vieille grange rouge. Après avoir garé la Jeep, Maggie descendit, prit sa serviette et claqua la portière.

Dans la ferme, tandis qu'elle se dirigeait vers la cuisine, elle rassembla toutes ses forces, ignorant ce qu'il allait lui dire, ne sachant pas à quoi s'attendre.

Il se leva en la voyant et lui sourit d'un air gêné, presque comme pour s'excuser, mais, contrairement à son habitude, il ne fit aucun geste dans sa direction.

Il avait les traits tirés et paraissait avoir les nerfs à vif, remarqua Maggie, et ses yeux vert pâle, normalement si pleins d'énergie et de vie, étaient tristes et anxieux.

« Salut, dit Maggie, du seuil de la porte.

– Merci d'être venue de bonne heure, répondit-il, la tête penchée. Je voulais pouvoir te parler avant que les autres n'arrivent. Viens et assieds-toi à table, Maggie. J'ai apporté un Thermos de thé glacé. En veux-tu un peu ? »

Elle haussa les épaules et entra dans la pièce d'un pas vif.

« Pourquoi pas ? »

Assise à la table, elle attendit qu'il lui verse du thé, le remercia et demanda :

« Pourquoi n'as-tu rien voulu me dire au téléphone, Jake ? De quoi s'agit-il ? »

Maggie sentit la tension et l'anxiété qui perçaient dans sa voix et elle s'en voulut.

Jake se racla la gorge à plusieurs reprises et entreprit de s'expliquer.

« Je me suis senti terriblement mal à l'aise, cette semaine, Maggie, vraiment très mal. Depuis que nous avons fait l'amour, mercredi dernier. Je... je... Écoute, je n'ai pas été franc avec toi. »

Elle le regarda, sidérée, et demanda :

« Qu'est-ce que tu veux dire, Jake ? »

Il secoua la tête et prit un air embarrassé, tandis que les mots se bousculaient dans sa bouche.

« Je n'ai pas été très honnête envers toi. Ce n'est pas que je t'aie menti, non, mais il y a quelque chose que j'aurais dû te dire. Et je pense que je culpabilise très facilement. Je ne pouvais plus le supporter. C'est pourquoi j'ai voulu te voir ce matin, pour t'expliquer...

– Qu'est-ce que c'est, Jake ? demanda Maggie, légèrement perplexe tout à coup. Qu'essaies-tu de me dire ?

– Mercredi soir, tu as dit que je ne pouvais pas comprendre que tu sois si bouleversée, parce que je n'ai jamais été marié, que je n'ai jamais eu d'enfants. Mais j'ai été marié, Maggie, et j'aurais dû te le dire à ce moment-là. Je n'ai pas réfléchi et je t'ai menti par omission. Voilà ce qui me tourmentait. »

Maggie se renversa contre son dossier, ses grands yeux bleus fixés sur lui.

« Es-tu un homme marié qui trompe sa femme ? Est-ce que c'est cela que tu essaies de me dire ? »

Il devint écarlate et s'écria avec véhémence :

« Non ! Pas du tout ! Je suis séparé depuis plus d'un an. Et je suis en plein divorce. Je vis seul et vois rarement Amy. Et j'espère redevenir célibataire bientôt. Mais j'aurais dû te le dire plus tôt. Je suis désolé », conclut-il calmement.

Elle percevait son chagrin dans sa voix, voyait l'expression contrite qui avait envahi son beau visage, alors elle tendit le bras et lui prit la main.

« Ce n'est pas grave, Jake, je t'assure que ce n'est rien.

– Tu n'es pas furieuse contre moi ? »

Maggie secoua la tête et lui sourit.

« Bien sûr que non, voyons. De toute façon, je ne me fâche pas aussi facilement. Il faut que cela soit vraiment très grave pour que je me... Comme la trahison de mes enfants, par exemple.

– Tu ne m'avais pas expliqué ça... Je ne suis pas sûr de comprendre ce qui se passe. »

Maggie respira à fond et reprit :

« Toi et moi, nous n'avons jamais vraiment parlé, Jake. Nous étions des amis qui faisions partie d'une troupe de théâtre, ensuite nous avons commencé à travailler ensemble professionnellement, et subitement, de façon totalement imprévisible, nous sommes devenus amants. Nous ne savons pas grand-chose l'un de l'autre. Laisse-moi te parler de moi, tu veux bien ?

– Oui. Je veux tout savoir de toi, Maggie. »

Elle pouffa de rire.

« Je ne suis pas sûre que je vais *tout* te raconter. Je pense que je devrais conserver un peu de mystère à tes yeux, non ? »

Il rit avec elle et lui fit signe que oui.

« Il y a deux ans, mon mari m'a quittée pour une femme plus jeune. Mike Sorrell est un avocat très en vogue de Chicago et il m'a plaquée pour une jeune consœur de vingt-sept ans qui travaillait avec lui sur un procès. J'aurais dû me douter qu'il y avait anguille sous roche parce que cela n'allait plus très bien entre nous depuis pas mal de temps. Mais ce qui m'a démolie, ce qui m'a vraiment blessée, c'est la trahison de mes enfants. Je n'ai jamais réussi à comprendre pourquoi ils ont pris le parti de Mike alors que tous les torts étaient de son côté. »

Maggie regarda Jake longuement, attentivement, et ajouta doucement :

« Il faut savoir, évidemment, qu'il est riche.

– Sales petits morveux, dit Jake qui, aussitôt, rougit légèrement. Désolé, murmura-t-il. Je devrais m'abstenir de ce genre de remarques.

– Ne t'en fais pas, Jake, je te comprends et j'ai souvent pensé la même chose. Quoi qu'il en soit, je voulais qu'ils fêtent leurs vingt et un ans avec moi et j'avais écrit à Hannah, il y a quelques semaines. Comme je n'avais pas eu de ses nouvelles, je lui ai téléphoné. Tu es arrivé vers la fin de la conversation. Conclusion, elle et son jumeau Peter vont passer le jour de leur anniversaire avec leur père. Il les emmène pour le week-end dans une superbe auberge de Sonoma.

– Et tu n'es pas invitée.

– Non.

– Je suis désolé, Maggie, je suis sincèrement désolé qu'ils t'aient blessée de cette façon. J'aimerais vraiment pouvoir faire quelque chose pour toi.

– Merci, Jake, répondit-elle en serrant sa main. Mais cela va mieux, maintenant. Je m'en suis remise. Enfin, plus ou moins. En un sens, je pense que je devrais faire une croix sur eux, poursuivit-elle en soupirant. Ils ne se sont jamais beaucoup souciés de moi depuis que tout cela est arrivé. Je présume que je n'étais pas une très bonne mère, conclut-elle en se forçant à rire.

– Te connaissant comme je te connais, je suis convaincu que tu étais une mère fantastique ! s'exclama Jake. Et les gosses, dans ce genre de situation, peuvent se montrer particulièrement... ignobles. Je ne trouve pas de meilleur mot. Je le sais, car ma sœur Patty vit en ce moment quelque chose de semblable. Elle s'est mariée il y a deux ans environ. Son mari était divorcé et ses enfants se conduisent de façon détestable depuis quelque temps. Pas seulement avec lui, mais aussi avec Patty. Pourtant, elle n'a rien eu à voir avec le divorce de leurs parents. Bill vivait seul depuis quatre ans quand elle l'a rencontré. Apparemment, cela se passait relativement bien entre lui et ses gosses, jusqu'à ce qu'il épouse Patty. Depuis, ils sont exécrables et se montrent très hostiles. Dieu seul sait pourquoi.

– Tu m'as dit que tu es séparé, Jake. As-tu des enfants ?

– Non, je n'en ai pas. À mon grand regret, d'ailleurs. Enfin, je ne devrais peut-être pas dire cela puisque nous sommes en train de divorcer. Mais je voulais des enfants. Amy, elle, n'en voulait pas.

– Je vois, murmura Maggie en fixant sur lui un regard pensif. Tu as dû te marier très jeune.

– À dix-neuf ans. Nous avions tous les deux dix-neuf ans. Nous étions amis depuis l'âge de douze ans, une sorte d'amour d'adolescents, au lycée.

– Je me suis mariée assez jeune, moi aussi. Juste après avoir quitté Bennington College. J'avais vingt-deux ans. Les jumeaux sont nés un an plus tard.

– Et tu as vécu à Chicago pendant toutes ces années ?

– Oui. Mike est natif de cette ville. Moi, je viens de New York, j'ai grandi à Manhattan. Et toi, Jake, d'où es-tu originaire ? De Kent ?

– Non. De Hartford. C'est là que je suis né. Après notre mariage, Amy et moi y avons vécu un certain temps, puis nous avons déménagé à

New Milford. Quand nous nous sommes séparés, l'année dernière, j'ai vécu dans un studio dans Bank Street. Jusqu'à ce que je découvre cette maison sur la route 341.

– Et Amy, où habite-t-elle ?

– Elle vit toujours à New Milford. »

Jake but une grande gorgée de thé glacé et poursuivit :

« C'est à New York que tu as connu Samantha ? Avez-vous grandi ensemble ?

– Non. Nous nous sommes rencontrées à Bennington. Et nous sommes immédiatement devenues amies. Les meilleures amies qui soient. »

Maggie sourit en pensant à son affection pour Samantha.

« Je ne sais pas ce que je serais devenue sans elle. Surtout depuis ces deux dernières années. Je ne crois pas que j'aurais réussi à survivre sans son aide.

– Oh ! si, tu l'aurais fait, dit Jake d'un ton averti. Tu es une survivante-née. C'est l'une des choses que j'admire chez toi. Ta force de caractère, ta faculté de retomber sur tes pieds. Tu es une femme très particulière. Je n'avais jamais rencontré quelqu'un comme toi.

– Merci. Moi non plus, je n'avais jamais rencontré quelqu'un comme toi, Jake. »

Il la regarda.

Elle lui rendit son regard.

Jake dit doucement :

« Tu tiens à moi, alors ?

– Oh ! oui. Énormément, répondit-elle.

– Est-ce que tout est clair entre nous ? »

Elle lui fit signe que oui en souriant.

Il sourit à son tour, son soulagement se lisant dans ses yeux.

« Je n'aurais pas pu le supporter si tu avais été fâchée contre moi. »

Maggie éclata de rire, rassérénée elle aussi.

« Je peux en dire autant.

– Je pourrai te voir, ce soir ?

– J'en serais ravie.

– Voudrais-tu venir chez moi ? Je pourrais nous préparer des pâtes et une salade. J'aimerais revoir avec toi les plans définitifs des éclairages pour *les Sorcières de Salem.*

– C'est une bonne idée. Et moi, je voudrais te montrer mes esquisses pour les décors et tout mettre au point avec toi. Il ne nous reste pas beaucoup de temps, d'autant plus que Samantha et moi allons partir en voyage.

– Oh ! Quand ça ? demanda-t-il précipitamment, surpris.

– Dans six semaines environ. En juillet.

– Et où irez-vous ?

– En Écosse. Et, au retour, nous passerons quelques jours à Londres. Ce voyage était prévu depuis longtemps. C'est en partie pour nos affaires.

– Tu vas me manquer, dit Jake. »

Mais il ne saurait vraiment à quel point que lorsqu'elle serait partie.

9

Jamais, de toute sa vie, Jake n'avait ressenti une absence comme celle de Maggie Sorrell. Elle était partie depuis cinq jours à peine, mais il aurait juré que cela faisait cinq mois.

Dix autres jours s'écouleraient avant son retour à Kent, et il savait qu'il serait malheureux pendant tout ce temps. Il était content d'être son partenaire, tant sur le plan personnel que sur le plan professionnel, dans la rénovation de Havers Hill. Il s'y sentait plus proche d'elle, surtout quand il se trouvait dans la vieille ferme. Il pouvait sentir sa présence partout.

C'est également pour cette raison qu'il s'était rendu à deux reprises au Petit Théâtre, à Kent, pour bricoler les éclairages de la pièce, et il avait l'intention d'y retourner avant qu'elle ne revienne.

La costumière, Alice Ferrier, était une amie de Samantha et de Maggie, et il aimait bavarder avec elle et avec les machinistes qui montaient les décors de Maggie. Cela lui donnait l'impression d'appartenir au groupe de Maggie ; c'était un peu comme faire partie d'une grande famille et cet esprit de camaraderie lui plaisait. En outre, cela atténuait le sentiment de solitude qu'il éprouvait en l'absence de Maggie.

Jusqu'à sa rencontre avec Maggie, Jake était quelqu'un d'autonome, qui s'occupait de son entreprise, faisait ce qu'il avait à faire, sortait de temps à autre avec de vieux copains et avait eu quelques brèves aventures. Mais il n'avait jamais compté sur personne pour quoi que ce soit.

Il avait maintenant l'impression que Maggie était indispensable à son bien-être, à son existence même, et cela l'ennuyait. Il n'aimait pas dépendre d'une autre personne ; cela le faisait se sentir vulnérable.

Au début de leur relation, la nuit où ils avaient couché ensemble pour la première fois, Jake avait mis cartes sur table et il avait dit à Maggie qu'il l'aimait. C'était vrai et il l'avait exprimé. Mais Maggie, elle, ne s'était pas déclarée. Il aurait bien voulu qu'elle en fasse autant mais il n'était pas très inquiet parce qu'il savait qu'elle tenait à lui. Énormément. Elle le lui faisait constamment comprendre.

Il avait toujours Maggie en tête quand il sortit de la cuisine et traversa la cour pour se diriger vers la vieille grange rouge, bâtie dans le champ derrière la maison. Il l'avait transformée en un studio-atelier, et il voulait terminer ses plans pour l'éclairage extérieur de Havers Hill Farm. Il regrettait que Maggie ne soit pas à ses côtés, ce jour-là ; il avait enfin résolu quelques-uns des problèmes les plus complexes et il aurait aimé les lui expliquer.

Jake s'arrêta à mi-chemin pour observer un curieux oiseau au plumage et à la gorge orange, qui venait de s'envoler du chêne géant dont l'ombre s'étalait sur la pelouse. Tout en le regardant sautiller sur l'herbe, il se demanda à quelle espèce il appartenait. Il n'avait jamais vu ce genre d'oiseau auparavant. Une faune abondante avait élu domicile dans son jardin et dans les champs autour de sa maison, ainsi que dans les marécages qui s'étalaient un peu plus loin et qui servaient d'habitat aux oies du Canada et aux canards.

Il repartit vers la grange et s'arrêta de nouveau pour laisser passer un tamia qui traversa le sentier et disparut dans les anfractuosités d'un vieux mur de pierre ; le domaine tout entier était un refuge pour ces amusantes petites bêtes, tout comme pour les autres écureuils et les lapins. Une pensée fugitive lui traversa l'esprit : « Ce serait un endroit merveilleux pour un enfant. »

Tandis que Jake se débattait avec la serrure de la grange, qui était coincée, il entendit le téléphone sonner à l'intérieur, mais, le temps qu'il réussisse à ouvrir la porte, il était trop tard.

« Serait-ce Maggie qui téléphonait d'Écosse ? » se demanda-t-il. Il l'espérait ; elle lui avait dit qu'elle lui passerait un coup de fil pendant la semaine. Il appuya sur la touche du répondeur.

« C'est moi, Jake, dit la voix d'Amy. Il faut que

je te parle. C'est urgent. Rappelle-moi, s'il te plaît. »

Il composa aussitôt le numéro de son appartement. Le téléphone sonna et sonna encore. Personne ne répondit. Pas plus que la veille, quand il avait reçu un message du même genre sur son répondeur, chez lui. Elle voulait manifestement lui parler de quelque chose, mais, quand il la rappelait, elle n'était pas là.

Tout en marchant vers la longue table qui lui servait de bureau, il décida de lui acheter un répondeur. Puisqu'elle ne se donnait pas la peine de s'en acheter un, comme il le lui avait conseillé quelques mois plus tôt, il allait le faire.

Jake soupira. C'était là toute l'histoire de sa vie avec Amy. D'aussi loin que remontaient ses souvenirs, à l'époque de leurs douze ans, c'était toujours lui qui avait dû s'occuper de tout et qui avait dû prendre soin d'elle. Elle était comme un bébé. Elle était incapable d'accomplir les tâches les plus simples. Et cela avait fini par l'irriter.

Le plus curieux, c'était qu'il *voulait* prendre soin de Maggie, s'occuper d'*elle*, même si elle n'en avait pas besoin. Elle était extrêmement compétente et parfaitement capable de s'assumer. Il en était arrivé à bien la connaître pendant ces derniers mois. Il savait qu'elle était intelligente et avait l'esprit pratique, mais il éprouvait quand même le besoin de la protéger. Il avait décelé en elle une vulnérabilité, une douceur qu'il trouvait terriblement séduisantes.

Chassant Maggie et Amy de ses pensées, Jake alluma la lampe d'architecte installée sur la vieille table de chêne, approcha de lui un bloc de papier à dessin et commença à esquisser les plans des éclairages extérieurs de Havers Hill Farm.

La vieille grange rouge où il travaillait était devenue son refuge depuis qu'il avait emménagé dans la maison. Ses grands espaces dépouillés l'inspiraient dans son travail, qu'il fût en train de concevoir des jeux d'éclairage, de bricoler des lampes et autres appareils électriques à son établi, ou de peindre à son chevalet sous la grande fenêtre percée, à l'extrémité de la grange. Ces trois secteurs étaient séparés et indépendants. Jake avait installé dans le bâtiment un mobilier restreint. Celui-ci était sobre, peint en blanc, limité aux seuls accessoires dont il avait besoin pour son travail. L'unique objet de luxe était un lecteur de disques compacts, afin qu'il puisse écouter de la musique quand il en avait envie.

Jake se plongea pendant une heure sur les plans destinés à l'éclairage des arbres de Havers Hill, puis il essaya de nouveau de joindre Amy. Il n'y avait toujours pas de réponse et il se remit aux plans étalés devant lui. Il avait une grande faculté de concentration qui lui permettait de faire abstraction de tout ce qui ne concernait pas son travail. Cela lui avait souvent servi.

À neuf heures, il s'arrêta de travailler, éteignit

les lumières, sortit de la grange et rentra chez lui. Il trouva une bière fraîche dans le réfrigérateur, se prépara un sandwich au fromage et aux tomates et emporta son dîner dans le salon. Après avoir allumé le téléviseur, il s'installa dans un fauteuil, mangea son sandwich, but sa bière et passa d'une chaîne à l'autre, l'esprit ailleurs. Il ne cessait de penser à Maggie ; elle lui manquait, il la voulait avec lui, il était impatient de la revoir.

Quand le téléphone sonna de nouveau, Jake sauta sur ses pieds, décrocha et lâcha un « Allô ? » en espérant que ce serait elle.

« C'est moi, dit Amy. Cela fait deux jours que j'essaie de te joindre. Pourquoi ne m'as-tu pas rappelée, Jake ?

– Je l'ai fait, Amy, répondit-il en essayant de dissimuler son impatience. J'ai eu ton message quand je suis rentré du travail, hier soir. Je t'ai téléphoné. Pas de réponse. J'ai essayé à ton magasin ce matin, et on m'a dit que c'était ton jour de congé. Ce soir, je t'ai ratée de quelques secondes. Tu as dû partir tout de suite après, parce que je t'ai rappelée quelques instants plus tard et il n'y avait personne.

– Je suis allée au cinéma avec Mavis.

– Je vois... Tu as dit que tu voulais me parler de toute urgence. De quoi s'agit-il ?

– De quelque chose d'important.

– Alors, dis-moi ce que c'est, Amy. Je t'écoute », dit-il en s'asseyant sur le bras du fauteuil.

Comme elle restait sans rien dire, il reprit, d'un ton égal :

« Vas-y, Amy, dis-moi ce qu'il en est.

– Pas au téléphone. J'ai besoin de te voir en personne. Tu ne pourrais pas faire un saut ?

– *Maintenant ?*

– Oui, Jake.

– Mais je ne peux pas, Amy ! Il est bien trop tard ! Il est dix heures passées et je dois me lever très tôt. On peut en parler maintenant, si c'est tellement important.

– *Non !* Je *dois* te *voir.*

– En tout cas, pas question que j'aille à New Milford à une heure pareille. Ne compte pas sur moi pour ça !

– Est-ce que je peux te voir demain ? Il faut qu'on se rencontre de toute urgence.

– Bon, d'accord, répondit-il, quoique à contrecœur.

– Demain soir, Jake ? Je pourrais te préparer à dîner.

– Non, non, ce n'est pas nécessaire, répliqua-t-il.

Et, sous le coup de l'inspiration, il ajouta :

« Je dois aller chercher du matériel à New Milford, demain matin. J'en ai besoin pour mon chantier de Kent-Sud. Je pourrais passer te prendre au magasin vers midi ? Je t'invite à déjeuner.

– Oui, c'est possible... J'aurais préféré que tu viennes maintenant...

– Je te verrai demain, dit-il fermement. Bonne nuit, Amy.

– Bye, Jake », marmonna-t-elle avant de raccrocher.

Un peu plus tard, tandis qu'il se déshabillait, Jake se demanda s'il n'avait pas fait une erreur en acceptant de voir Amy. Il n'avait nullement l'intention de l'entendre se lamenter à propos du divorce ou essayer de le faire changer d'avis. Elle faisait traîner les choses depuis assez longtemps ; son avocat n'avait pas pris contact avec lui. Il n'était même pas sûr qu'elle l'ait revu. Il allait devoir s'en occuper lui-même, prendre les choses en main, décida-t-il, s'il voulait retrouver sa liberté, un jour. Comme d'habitude, Amy était incapable de gérer la situation.

Quand ils se rencontrèrent, le lendemain, la première chose que Jake remarqua, c'est qu'Amy avait fait un effort pour soigner son allure. Elle avait ramené en arrière ses fins cheveux blonds en une queue de cheval nouée d'un ruban bleu et elle s'était légèrement maquillée.

Néanmoins, quand il s'attabla en face d'elle au *Wayfarers Cafe,* à New Milford, où il l'avait emmenée déjeuner, il trouva qu'elle avait l'air fatiguée. Elle n'avait que vingt-huit ans, mais, cela le frappa, elle paraissait plus âgée, un peu usée aussi. Cela n'avait pourtant rien d'inhabituel ; ces dernières années, elle avait toujours eu le teint assez terne. Amy se fanait rapidement. Il en était sincèrement attristé et il ne put s'empêcher de se sentir un peu désolé pour elle. Elle n'avait pas un mauvais fond ; elle était simplement indifférente à tout, mal organisée et isolée.

Ils parlèrent de choses et d'autres, examinèrent le menu, discutèrent de ce qu'ils allaient prendre. En fin de compte, ils optèrent tous deux pour une salade du chef et un thé glacé.

Quand la serveuse eut pris leur commande et qu'ils se retrouvèrent seuls, Amy dit :

« Alors, en quoi consiste le travail que tu fais à Kent ?

– C'est dans une ferme, expliqua-t-il. Une très vieille, en fait. Très pittoresque et entourée d'un terrain magnifique. C'est un vrai défi, surtout à l'intérieur. Je dois aussi concevoir des éclairages extérieurs pour l'aménagement paysager et pour la piscine. C'est un gros contrat et je suis vraiment très content.

– Je sais que tu aimes les boulots compliqués, les défis professionnels, et que tu t'en sors bien, Jake, observa-t-elle avec un hochement de tête.

– Merci. »

Il lui lança un regard satisfait et dit :

« Alors, de quoi voulais-tu me parler, Amy ?

– Attendons la fin du repas.

– *Pourquoi ?* Cela fait deux jours que tu me téléphones pour que je vienne te voir, en prétendant que c'est urgent, et maintenant tu veux qu'on attende. »

Elle fit un signe de tête, les lèvres serrées, obstinée.

Jake eut un petit soupir.

« Bon, tu fais ce que tu veux, Amy, mais moi, il va falloir que je retourne travailler dans à peu près deux heures.

– Ma mère pense que nous ne devrions pas divorcer », lâcha-t-elle.

Elle se dépêcha de boire un peu d'eau en le regardant par-dessus son verre.

« Je le sais, répondit-il en plissant légèrement les yeux. C'est pour cela que tu voulais me voir ? Pour parler du divorce ? Est-ce que ta mère te harcèle à ce sujet ? »

Elle nia de la tête.

« Non, pas vraiment. »

Jake se pencha par-dessus la table et la regarda droit dans les yeux.

« Écoute, Amy, je suis désolé que cela n'ait pas marché, vraiment désolé. Mais c'est... ce sont des choses qui arrivent, tu le sais. »

Avant qu'elle ait pu répondre, la serveuse était de retour ; elle déposa les salades devant eux, puis revint avec les thés glacés.

Ils mangèrent en silence. Ou, plutôt, Jake mangea ; Amy chipotait dans son assiette.

Finalement, elle reposa sa fourchette et s'adossa contre sa chaise.

Jake lui jeta un coup d'œil en fronçant légèrement les sourcils. Il trouva soudain qu'elle avait l'air pâle, plus pâle que d'habitude, et elle semblait au bord des larmes.

« Que se passe-t-il, Amy ? Qu'est-ce qui ne va pas ? », s'enquit-il en posant sa fourchette sur son assiette.

Comme elle ne répondait pas, mais le regardait curieusement, la bouche entrouverte, une expression de peur sur la figure, il insista :

« Mais dis-moi donc quel est le problème, Amy ?

– Je suis malade », commença-t-elle pour s'interrompre aussitôt.

Son froncement de sourcil s'accentua.

« Je ne te suis pas très bien. Tu veux dire que tu as mal au cœur, maintenant ? Ou es-tu en train de me dire que tu es atteinte d'une maladie ?

– Oui. J'ai vu le médecin, Jake. Je ne me sentais pas bien. C'est un cancer, dit-elle, les yeux pleins de larmes. J'ai un cancer de l'ovaire.

– Oh ! mon Dieu ! Amy ! Non ! Il en est bien sûr ? »

Jake se pencha et lui prit la main, la tenant fermement dans la sienne :

« Ton médecin en est vraiment certain ?

– Oh ! oui », chuchota-t-elle.

Pendant un moment, Jake fut à court de mots. C'était un homme sensible et d'une grande gentillesse, et il se sentit tout de suite déborder de compassion pour elle. Il se demandait comment il pourrait la réconforter, puis il comprit qu'il n'y avait rien à faire. Les mots, s'il pouvait trouver les mots justes, ne serviraient pas à grand-chose. Il valait mieux ne rien dire. Alors, il resta assis à lui tenir la main, la tapotant de temps en temps, espérant qu'elle se sentirait moins seule.

10

Il avait plu et Maggie, qui suivait le sentier menant au jardin du Sunlaws House Hotel, s'arrêta et leva les yeux vers le ciel. Le soleil était de retour, transperçant les légers nuages, et d'un seul coup un arc-en-ciel apparut au-dessus des arbres, un arc impeccable fait de rose et de bleu, de violet et de jaune.

Maggie sourit, trouvant que c'était de bon augure. Sa mère, qui était la personne la plus positive qu'elle ait jamais connue, avait toujours été convaincue qu'il y avait un coffre plein d'or à la base des arcs-en-ciel, que les nuages avaient une bordure en argent et que les oiseaux bleus annonçaient le bonheur.

« Maman était une éternelle optimiste », pensa-t-elle en continuant de sourire, envahie par des souvenirs chargés d'affection. « Je suis contente d'avoir hérité cet aspect de sa personnalité. Sans cela, je ne sais pas comment j'aurais pu survivre à ma rupture avec Mike. Il aurait fallu m'emmener dans une camisole de force. » Mais elle avait bel et bien survécu et jamais la vie n'avait été plus belle, reconnut-elle avec détermination. Puis une pensée lui vint : « Combien de gens ont droit à une seconde chance dans la vie ? »

Arrivée à l'extrémité du sentier, Maggie fit demi-tour et repartit vers l'hôtel. Samantha et elle avaient décidé d'y passer la nuit, en route pour Londres dans une voiture de location. Elles avaient conduit depuis Édimbourg et Glasgow, et étaient arrivées à Sunlaws dans la journée, juste à temps pour le déjeuner.

Le manoir se trouvait à Kelso, dans la région connue sous le nom de Borders, parce qu'elle était proche de la frontière séparant l'Écosse de l'Angleterre, au cœur du Roxburghshire. L'élégant château ancestral, qui avait appartenu au duc et à la duchesse de Roxburghe, avait été transformé en charmant hôtel de campagne.

Sunlaws était magnifiquement meublé, regorgeant d'objets anciens et de toiles de maîtres, et il s'en dégageait une ambiance de confort et de chaleur accueillante qui avait séduit Maggie. C'était le genre de cadre et d'environnement qu'en tant que décoratrice elle s'efforçait justement de créer dans les croquis qu'elle réalisait à l'intention de ses clients.

Le paysage alentour était tout aussi fascinant et lui rappelait les hautes terres du nord-ouest du Connecticut. Dès qu'elle l'avait aperçu, elle avait commencé à éprouver le mal du pays.

Maggie s'était rendu compte qu'elle brûlait

d'impatience de retrouver sa maison de Kent. Et Jake. Elle songeait constamment à lui, sauf en de rares moments ; elle aurait voulu qu'il soit là, qu'il ait fait ce voyage avec elle, qu'il l'ait accompagnée quand elle avait acheté des antiquités à Édimbourg et à Glasgow. Elles étaient destinées à la ferme. C'étaient de beaux meubles, taillés dans du bois massif aux teintes sombres ; quelques-uns étaient sculptés à la main, tous très anciens et d'une facture admirable. Ils s'intégreraient parfaitement aux pièces de Havers Hill Farm, où ils ajouteraient au cachet de la maison et recréeraient son ambiance d'autrefois.

Maggie était contente d'être venue en Écosse avec Samantha. Le voyage avait été très fructueux pour toutes deux. Outre les meubles anciens, elle avait trouvé bon nombre d'articles intéressants : des lampes, des porcelaines et quantité d'accessoires originaux.

Samantha avait fait l'acquisition d'une grande variété de tissus destinés à être vendus dans la boutique qu'elle projetait d'ouvrir dans les prochains mois. Les préférés de Maggie étaient les mohairs et les lainages écossais, pour lesquels, tout comme Samantha, elle avait eu le coup de foudre.

Tout bien considéré, elles avaient eu la main heureuse et Maggie était résolue à revenir l'année suivante. Avec Jake. Il n'avait jamais voyagé à l'étranger et lui avait récemment confié qu'il aimerait bien se rendre en Angleterre, un jour.

Une fois de plus, ses pensées revinrent à Jake. Elle s'ennuyait de lui, de sa chaleur et de son affection, de son goût du plaisir, de son humour, de sa passion et de la façon qu'il avait de la dorloter sans arrêt. Grâce à lui, elle se sentait désirée, aimée, comme elle ne l'avait jamais été avec Mike Sorrell.

Elle s'entendit appeler et leva les yeux, la main en visière pour les protéger de l'éclat du soleil. En voyant Samantha qui venait à sa rencontre le long du sentier, elle agita la main.

« Je t'ai cherchée partout ! » s'exclama Samantha en entourant Maggie de son bras et en marchant à ses côtés.

Elles repartirent toutes deux vers l'hôtel.

« J'adore ce moment de la journée, juste avant la tombée de la nuit. Il a quelque chose de magique », dit Maggie.

Samantha acquiesça.

« Moi aussi. C'est même le terme que l'on emploie au cinéma... *L'heure magique*. Apparemment, les cinéastes trouvent qu'il n'y a pas de lumière plus fantastique pour tourner. »

Samantha frissonna.

« Rentrons, Maggie, il commence à faire frais. Le vent se lève et ça sent la pluie.

– J'ai un peu froid, moi aussi », reconnut Maggie.

Elles accélérèrent le pas et, dans l'hôtel, Samantha regarda sa montre.

« Il est presque sept heures. On va prendre un

verre au salon. Il y a un bon feu dans la cheminée. On est peut-être en juillet, mais les gens du coin sont habitués à ces froides nuits écossaises. »

Un peu plus tard, les deux amies s'installaient dans le confortable salon. Il était meublé de profonds fauteuils et de sofas en cuir. De ravissantes peintures anciennes étaient suspendues aux murs. Il y avait des vases de fleurs dans tous les coins, et l'air embaumait de leurs multiples parfums. Les seuls bruits audibles étaient le tic-tac d'une horloge, quelque part dans le fond de la pièce, et les craquements des bûches qui brûlaient dans l'immense cheminée de marbre. Les lampes aux abat-jour de soie étaient allumées et répandaient une lumière douce.

Samantha regarda autour d'elle.

« C'est tellement intime et douillet, ici. La pièce a un authentique cachet campagnard, tu ne trouves pas ?

– C'est un style qui se laisse difficilement imiter, répondit Maggie. Les Britanniques y réussissent à merveille, peut-être parce que c'est inhérent à leur mode de vie. »

Samantha se contenta de sourire et but une gorgée de vin blanc. Puis elle jeta un coup d'œil vers Maggie.

« J'ai vraiment adoré ce voyage. Et toi ?

– Oh ! oui, moi aussi. »

Samantha la regarda plus attentivement et murmura :

« Mais Jake t'a manqué, n'est-ce pas ? »

Maggie sourit.

« Un peu... »

Elle éclata de rire et reprit :

« Énormément, à dire vrai. Comment l'as-tu deviné ?

– Tu semblais distraite par moments et... euh... comment dire ?... *lointaine...* C'est le meilleur mot pour te décrire. »

Maggie resta silencieuse. Elle détourna son visage un bref instant, fixant le feu d'un regard où se lisait une expression paisible, méditative. Au bout d'un moment, elle se tourna vers sa meilleure amie.

« Il y a une chose qu'il faut que je te dise. »

Samantha hocha la tête.

« C'est curieux... Moi aussi, j'ai quelque chose à te dire. Mais toi, d'abord. »

Un ange passa. Puis Maggie annonça :

« Je suis enceinte, Sam.

– Seigneur Dieu ! C'est impossible ! Ça ne tient pas debout ! Pas à notre époque et à notre âge ! Tu ne vas pas me dire que tu ne te protégeais pas, pour l'amour du ciel !

– Mais si, je suis tout ce qu'il y a de plus enceinte. La semaine dernière, quand nous sommes arrivées, je n'ai pas eu mes règles et c'était la deuxième fois. Et non, nous n'utilisions rien. »

Samantha s'enfonça dans son fauteuil et la fixa avec réprobation.

« Il existe quelque chose qui s'appelle le sida, Maggie.

– Je sais. Mais... eh bien... j'ai confiance en Jake, je sais qu'il ne court pas à droite et à gauche.

– En couchant avec Jake, tu couchais avec toutes celles avec qui il a été avant toi... et, elles, tu ignores tout d'*elles*. »

Maggie ne répondit pas. Elle se laissa aller contre les coussins en tapisserie qui garnissaient son fauteuil de cuir, les yeux dans le vague. Puis, revenant sur terre, elle marmonna :

« Tu avais quelque chose à me dire. Qu'est-ce que c'est ? »

Samantha hésita, s'éclaircit la voix et, se penchant vers Maggie, elle dit doucement :

« Il vaut mieux que tu l'apprennes, même si cela risque de te faire terriblement mal. Jake est marié, Maggie. Je l'ai découvert juste avant notre départ, mais je n'ai pas voulu te le dire à ce moment-là, pour ne pas te perturber. Toutefois, j'ai pensé qu'il était préférable que tu le saches, puisque nous sommes sur le point de rentrer. J'ai attendu volontairement pour ne pas gâcher ton voyage. »

Maggie répondit précipitamment :

« Mais je le sais déjà ! Il me l'a dit, lui-même, il y a plusieurs semaines. D'ailleurs, c'était quelques jours après que nous sommes devenus amants. Il a été très honnête avec moi, Sam. Il m'a dit qu'ils étaient séparés depuis un an, qu'il vivait seul depuis et qu'il était en train de divorcer. Veux-tu dire qu'il vit encore avec sa femme ? »

Samantha secoua la tête et dit très vite :

« Non, non, pas du tout.

– Qui t'a dit qu'il était marié ?

– Une cliente. Elle m'a acheté un cadeau à la boutique d'accessoires de salle de bains, à New Milford. En m'offrant le panier qui contenait toutes sortes de produits d'aromathérapie, elle m'a dit qu'ils lui avaient été recommandés par Amy Cantrell. J'ai probablement sursauté en entendant ce nom et ma cliente a précisé qu'Amy était la femme de Jake Cantrell, l'éclairagiste. Mais si tu dis qu'ils sont séparés, alors je suis sûre que c'est vrai.

– Et il vit seul, insista Maggie. J'ai été chez lui à plusieurs reprises.

– Mais pourquoi ne m'as-tu pas dit qu'il était en train de divorcer ? »

Maggie haussa les épaules.

« Cela ne m'a pas semblé très important, Sam.

– Qu'est-ce que tu vas faire à propos du bébé, Maggie ?

– Je vais le garder, bien sûr. »

Samantha lui lança un regard interrogateur.

« Et Jake ? Je veux dire, comment penses-tu qu'il va réagir ? Qu'est-ce qu'il va faire ?

– Je suis certaine qu'il sera ravi. Du moins, je l'espère. Mais de toute façon, c'est ma décision, et uniquement la mienne. Il n'est pas question que je me fasse avorter. »

Maggie se pencha en avant, et son visage rayonnait de bonheur et d'espoir quand elle ajouta :

« Tout à l'heure, quand je me promenais dans le jardin, je me suis mise à penser que très peu de gens ont droit à une seconde chance dans la vie. Moi, je l'ai. Mon bébé est ma seconde chance, avec Jake, bien entendu. Je pense que j'ai énormément de chance.

– Penses-tu qu'il va vouloir t'épouser ?

– Je n'en sais rien... Cela n'a vraiment pas d'importance pour moi, le fait de légaliser notre situation. Je suis capable d'élever un enfant toute seule et de le faire vivre. Je suis quelqu'un de responsable, Sam.

– Tu n'as pas besoin de me le dire ! Je ne le sais que trop bien, répliqua Samantha avec force.

– Tu penses peut-être que je suis cinglée, hasarda Maggie. Me voici, à quarante-quatre ans, enceinte de mon très jeune amant de vingt-neuf ans, qui n'est même pas encore divorcé et dont je ne suis même pas sûre qu'il veuille m'épouser. »

Elle se mit à rire et leva les bras dans un geste d'impuissance :

« Et moi, est-ce que je veux me marier avec lui ? »

Maggie haussa à la fois les épaules et un sourcil brun.

Samantha secoua la tête, l'air songeur.

« Personne ne t'arrive à la cheville, Maggie,

quand il s'agit de faire face. N'oublie pas que tu as connu de sales moments quand ton mari de quarante et quelques années a décidé d'aller faire un petit tour. Des moments qui auraient anéanti bien des femmes.

– Ne me gâche pas ma journée. Ne me parle pas de Mike. Et, pour revenir à Jake, lui, il m'aime.

– Il te l'a dit ?

– Oui, il me l'a dit.

– Et toi, tu l'aimes, Mag ?

– Oui. Énormément.

– Tu es très courageuse, Maggie.

– Oh ! Sam, j'ai tellement de chance... »

Samantha était contente d'avoir insisté pour qu'elles logent au *Brown's Hotel*. Situé au centre du West End, il se trouvait à proximité de Piccadilly, de Bond Street et d'à peu près tout le reste. On pouvait facilement courir les boutiques, et les taxis étaient omniprésents.

Tout en marchant d'un pas rapide dans Albermarle Street, pressée de rentrer à l'hôtel, elle se demandait à quoi Maggie avait passé son après-midi. Son amie avait tenu à sortir seule et s'était comportée de façon très mystérieuse. Mais elle n'allait pas tarder à le savoir ; Maggie finirait bien par la mettre au courant.

C'était un après-midi chaud et lourd, et un

orage s'annonçait. Samantha décida de demander à la réception de leur commander une voiture avec chauffeur pour la soirée. Elles iraient au théâtre et dîneraient ensuite, et ce ne serait pas agréable de se faire surprendre par la pluie.

En entrant dans le hall, Samantha alla directement à la réception. Après avoir commandé une voiture, elle prit l'ascenseur jusqu'à la suite qu'elle partageait avec Maggie. C'était sa surprise, son cadeau d'anniversaire pour son amie.

« Mais tu m'as déjà offert ce magnifique sac ! » avait protesté Maggie quand elle le lui avait annoncé en Écosse.

Samantha s'était contentée de sourire et avait refusé d'en entendre davantage.

Maggie n'était toujours pas rentrée.

Samantha laissa tomber son sac et ses paquets sur le divan dans le petit boudoir et se dirigea vers la chambre. Elle ôta sa robe, retira ses souliers à talons hauts, puis passa un déshabillé en soie et s'allongea sur le lit. Elle était épuisée d'avoir couru toute la journée et voulait se détendre avant de s'habiller pour la soirée.

Au bout d'un moment, elle pensa de nouveau à Maggie. Elle l'aimait comme la sœur qu'elle n'avait jamais eue et il n'y avait personne au monde dont elle se sentait aussi proche ou dont elle se souciait autant. Compte tenu des circonstances, il était bien naturel qu'elle s'en fasse pour Maggie. C'était elle qui lui avait présenté Jake Cantrell et elle se sentait responsable de la situation. Par ailleurs, Maggie était une femme de quarante-quatre ans, très intelligente et extrêmement brillante. Si elle ne savait pas ce qu'elle faisait, alors Samantha se demandait bien qui le savait.

Samantha soupira. Elle ne doutait absolument pas des capacités de Maggie et, à bien des égards, elle admirait son attitude à propos du bébé. Mais Jake, que ferait-il ? Resterait-il avec Maggie ? Et s'il ne le voulait pas ? Maggie pourrait-elle vraiment élever le bébé toute seule ? Cela demandait énormément de cran et, bien entendu, Maggie en avait à revendre. « Peu importe, elle s'en sortira, décida Samantha. Et je serai là pour l'aider. » Samantha sourit. Leur devise avait toujours été : « Envers et contre tout. »

Le téléphone placé sur la table de chevet entre les deux lits se mit à sonner. Samantha tendit le bras pour décrocher.

« Allô ?

– C'est vous, Samantha ?

– Oui, c'est bien moi. Qui est à l'appareil ? demanda-t-elle, incapable de reconnaître la voix masculine, plutôt bourrue, au bout du fil.

– C'est Mike Sorrell, Sam. »

Samantha fut tellement surprise qu'elle faillit lâcher le combiné.

« Oh ! s'exclama-t-elle. Qu'est-ce que je peux faire pour vous, Mike ? demanda-t-elle d'un ton glacial.

– Je cherche Maggie.

– Elle n'est pas là.

– Quand l'attendez-vous, Sam ?

– Je n'en sais rien, riposta Samantha, plus froide que jamais, en ignorant délibérément ses efforts pour se montrer amical.

– Pouvez-vous lui demander de me rappeler, s'il vous plaît ?

– Où ?

– Je suis au *Connaught.*

– Vous êtes à Londres !

– Oui, pour mes affaires.

– Comment avez-vous su où nous logions ?

– Je vous ai retrouvées grâce à votre assistante, dans le Connecticut. Comme je tombais tout le temps sur le répondeur de Maggie, j'ai téléphoné à votre bureau.

– Je vois. Bon, je lui transmettrai le message.

– Merci, dit-il.

– Salut », grommela Samantha avant de raccrocher violemment.

Elle fixa le téléphone. « Espèce de salaud », pensa-t-elle, et, furieuse, elle alluma le téléviseur avec la télécommande. C'était l'heure des informations sur la BBC, mais elle les écouta distraitement, se demandant ce que pouvait bien vouloir l'ex-mari de Maggie.

Une demi-heure plus tard, Maggie fit son entrée, ployant sous ses emplettes.

« Salut, Sam, dit-elle en la rejoignant dans la chambre où elle déposa ses paquets sur une chaise et envoya promener ses souliers. Il vient de commencer à pleuvoir. Nous ferions peut-être mieux de trouver une voiture pour ce soir.

– Je m'en suis occupée, répondit Samantha qui, d'un seul élan, s'assit sur le lit. Assieds-toi, Maggie chérie. Et prends ton courage à deux mains. »

Maggie la dévisagea.

« Qu'y a-t-il ? Qu'est-ce qui ne va pas ? demanda-t-elle en fronçant les sourcils. Il y a quelque chose qui cloche. Je le vois à ta tête.

– Devine qui est à Londres. Non, inutile d'essayer, tu ne trouveras jamais. C'est Mike. Ton ex-mari. Il vient de te téléphoner, il y a une demi-heure environ. Il veut que tu le rappelles. Il est au *Connaught*.

– Bon sang ! s'exclama Maggie qui se laissa tomber sur le siège le plus proche et fixa Samantha en secouant la tête, incrédule. Comment a-t-il fait pour nous trouver ? Même si l'endroit où nous sommes n'est pas secret.

– Par Angela. Comme il ne pouvait pas te joindre, il a téléphoné à mon studio. »

Maggie se mordilla la lèvre, subitement songeuse.

« Et pourquoi diable veut-il me parler ? Je me le demande.

– Moi aussi, Mag. Vas-tu le rappeler ?

– Je n'en sais rien. Pourquoi ? Il ne peut s'agir de Peter ou d'Hannah. Il te l'aurait dit s'il y avait un problème ou une urgence.

– Je crois que oui. Il semblait assez calme et sûr de lui. »

Maggie réfléchit un moment et prit une décision. Elle sauta sur ses pieds et regarda Samantha.

« Je vais lui parler maintenant pour savoir à quoi m'en tenir. »

Elle se rendit dans le boudoir d'un pas vif, énergique.

Samantha sauta du lit et la suivit.

Maggie décrocha le téléphone du bureau et demanda au standard d'appeler le *Connaught Hotel*. Quelques secondes plus tard, Mike Sorrell était au bout du fil.

« C'est Maggie. Il paraît que tu veux me parler.

– Bonjour, Maggie. Oui, en effet. J'espérais que nous pourrions nous rencontrer.

– Ah ? Pourquoi ?

– Je voudrais discuter de quelque chose avec toi. Que dis-tu de ce soir ? J'ai pensé qu'on pourrait prendre un verre ensemble. Ou dîner.

– Sûrement pas.

– Pas même pour un verre ?

– Je suis occupée ce soir.

– Demain, alors ? proposa-t-il.

– Pourquoi ne pas parler maintenant, au téléphone ? C'est ce que nous faisons tout le temps, depuis deux ans et demi.

– J'ai besoin de te voir en personne, Maggie.

– Est-ce que les jumeaux vont bien ?

– Oh ! oui, ils vont très bien. Écoute, je pense que nous avons quelques affaires en suspens à régler. »

Sidérée, Maggie garda le silence pendant un

moment. Puis elle décida : « Neuf heures, demain matin. Ici, au *Brown's Hotel.* Je te verrai dans le salon.

– D'accord. Parfait. Bye, ma chérie. »

Maggie reposa le combiné sur son support et se retourna ; elle resta debout, appuyée contre le bureau, les yeux fixés sur Samantha.

« Tu ne vas sûrement pas me croire, mais ce faux jeton a eu le culot de m'appeler " ma chérie ".

– Il y a quelque chose de pas très catholique au royaume du Danemark, pour paraphraser Hamlet ! s'exclama Samantha, indignée. Puisque tu as accepté de le voir, je suis contente que tu l'aies forcé à venir ici. Je me tiendrai prête à intervenir au cas où tu aurais besoin de moi... pour trucider cet enfant de salaud. »

Maggie ne put s'empêcher de rire.

« Oh ! Sam chérie, je t'adore. Peu importe ce qui m'arrive, tu réussis toujours à me faire sourire. »

Samantha lui fit une grimace, sauta sur ses pieds et s'approcha du minibar.

« Que dirais-tu d'une vodka avec de la glace avant de se préparer pour le théâtre ?

– Euh... Pour toi, si tu veux. Moi, je dois aller chercher quelque chose dans la chambre. »

Maggie revint au bout d'un mcment, avec un petit paquet.

« C'est pour toi, Sam. C'est simplement pour te remercier pour tout ça, dit-elle en parcourant le boudoir des yeux. Mais c'est surtout parce que tu es toujours là quand j'ai besoin de toi et que tu l'as toujours été. »

Samantha prit le paquet, déchira le papier et ouvrit l'écrin de velours rouge. Il contenait une paire de délicates boucles d'oreilles en or et en malachite, en forme de chandeliers.

« Oh ! Maggie, c'est adorable ! Ces boucles, je les avais admirées dans cette boutique de Burlington Arcade. Oh ! Merci mille fois, elles sont ravissantes ! Mais tu n'aurais pas dû. »

Elle prit Maggie dans ses bras, la serra contre elle et ajouta :

« Ton amitié est pour moi la chose la plus précieuse au monde. »

Maggie s'écarta un peu et lui sourit affectueusement.

« Envers et contre tout... »

Quand elle se leva, le lendemain matin, Maggie se demanda pendant un instant pourquoi elle était si tendue. Aussitôt, la mémoire lui revint. Mike allait venir la voir à l'hôtel et cela ne lui disait vraiment rien qui vaille.

Elle n'avait strictement rien à lui dire et elle n'avait pas particulièrement envie de l'écouter. À son avis il n'y avait pas d'affaires en suspens, comme il disait. Leur histoire était bel et bien finie, et depuis déjà très longtemps.

« Tu es superbe ! s'écria Samantha quand Maggie entra dans le boudoir, quelques minutes avant neuf heures. Tu es vraiment éblouissante, Maggie. Tu as l'air si bien et si heureuse qu'il va en grincer des dents.

– J'en doute, dit Maggie avec un grand sourire. Je suis sûre qu'il file le parfait bonheur avec la femme de sa vie, sa nouvelle épouse. Il est probablement sur le point de fonder une nouvelle famille ; c'est bien ce que veulent ces secondes épouses qu'ils exhibent comme des trophées, non ? Une ribambelle de gosses et une police d'assurance sur l'avenir ? »

Samantha se mit à rire.

« Qui sait ? Et puis on s'en fiche. Écoute, Mag, j'ai réfléchi à ta situation avec Jake et j'en suis vraiment heureuse. Je sais que cela va marcher. »

Maggie tapota son ventre.

« Et le bébé ?

– Je suis certaine que tu as pris la bonne décision, en voulant le garder, je veux dire. Mais je tiens à être la marraine.

– Qui d'autre verrais-tu ? »

Maggie se regarda dans le miroir, lissa les revers de la veste de son tailleur-pantalon en gabardine bleu marine et arrangea le col de son chemisier en soie blanche.

« Laisse-moi une vingtaine de minutes avec lui et viens me récupérer.

– D'accord. De toute façon, nous avons rendez-vous à dix heures avec l'antiquaire de Keith Skeel.

– À tout à l'heure », murmura Maggie avant de quitter la suite.

Mike Sorrell l'attendait dans le salon quand elle y entra quelques secondes plus tard. Il se leva pour l'accueillir, paraissant soudain perdu comme s'il ne savait pas s'il devait l'embrasser ou lui serrer la main. Il opta pour cette dernière solution et lui tendit la main.

Maggie la serra rapidement et s'assit en face de lui. Elle ne put s'empêcher de trouver qu'il avait l'air abattu, fatigué et triste. Son visage était ridé, il avait des bajoues, ses cheveux avaient viré au gris et tout en lui contribuait à cette impression d'épuisement. « Il vieillit mal, décida-t-elle, il a l'air beaucoup plus vieux que ses quarante-neuf ans. » L'image d'un Jake qui avait vingt ans de moins que lui passa devant ses yeux. Elle battit des paupières et tourna la tête pour lui cacher le sourire de plaisir qui lui était monté aux lèvres. Il aurait pu l'interpréter de travers.

« Commandons du café. Tu en veux ? lui demanda-t-elle.

– Oui, merci. J'en boirais bien une autre tasse. »

Tout en parlant, il fit signe à un serveur. Se tournant vers Maggie, il lui demanda :

« Veux-tu manger quelque chose ? »

Elle fit non de la tête.

Après avoir commandé le café, Mike se retourna vers elle avec, de nouveau, l'air de ne pas trop savoir quoi faire.

Maggie en profita et lui demanda :

« Pourquoi voulais-tu me voir ? »

Mike se racla la gorge nerveusement.

« J'étais à New York la semaine dernière, en route pour Londres où je devais voir un client. J'ai pensé que nous pourrions nous rencontrer. Je suis sûr que Samantha t'a dit que j'avais téléphoné à son bureau parce que je ne pouvais pas te joindre.

– Oui, elle me l'a dit. Mais *pourquoi* veux-tu me voir, enfin ? Tu m'as brutalement plaquée il y a presque trois ans et nous nous sommes rarement parlé depuis. Qu'est-ce qui motive ce revirement inattendu ? »

Comme il restait muet, Maggie ajouta :

« Je ne pense pas qu'il y ait la moindre affaire en suspens. Bien au contraire, la nôtre est close. (Elle eut un petit rire caustique.) Tu me l'as très bien fait comprendre quand tu m'as larguée pour ton avocate.

– Ne sois pas amère, Maggie, murmura-t-il. Je me rends compte maintenant...

– Amère ! coupa-t-elle en l'interrompant. Je ne suis pas amère. J'ai bien mieux à faire de mon temps que de le gaspiller en me sentant amère à cause de toi ou en me morfondant parce que tu es parti, Mike. J'ai une vie à vivre et, crois-moi, je la vis. Pleinement.

– Tu as l'air très en forme, tu es rayonnante », dit-il en l'observant attentivement.

Maggie trouva qu'il avait plus ou moins l'air de regretter et se demanda un bref instant ce qui se passait dans sa nouvelle vie. Mais elle s'en moquait bien et ne tenait pas du tout à le savoir.

« Bon, écoute, Mike, j'ai un rendez-vous chez un antiquaire ce matin, alors mon temps est compté. Qu'est-ce que c'est, cette affaire en suspens dont tu parlais au téléphone ? Viens-en au fait. »

Il respira profondément.

« *Nous*, Maggie. C'est nous, cette affaire inachevée. Nous avons été ensemble pendant si longtemps, nous menions une vie heureuse et il y a les gosses... »

Sa voix se brisa devant son attitude glaciale et l'expression de mépris qui se lisait sur son visage.

Le ton de Maggie était mordant quand elle lui répondit :

« Essaies-tu de me dire que tu as fait une erreur ? C'est ça, Mike ?

– Oui, je reconnais toutes mes erreurs. Je n'aurais jamais dû te quitter, ma chérie. Nous étions si bien, si heureux ensemble. Je te l'ai dit, nous avions une vie fantastique.

– *Tu* avais, l'interrompit Maggie. Moi non, quand j'y repense. Tu es un parfait égoïste, un égocentrique, tu ne t'es jamais vraiment soucié de mes besoins, et la seule fois où j'ai été heureuse, quand ça allait si bien dans cette agence de décoration, tu m'as obligée à quitter mon travail. Tu étais incapable de supporter l'idée que je puisse m'intéresser à autre chose qu'à toi.

– Ne sois pas comme ça, Maggie. *Je t'en prie.* »

Elle lui rit au nez.

« Tu es vraiment un beau salaud ! Tu m'as larguée de la façon la plus moche qui soit, tu m'as à peine parlé pendant presque trois ans, et maintenant tu viens me faire du charme ! Qu'est-ce que c'est, cette histoire ? Ne me dis pas que ta nouvelle femme t'a planté là ! »

En le voyant se tasser dans son fauteuil et lui lancer un regard furieux, Maggie sut qu'elle avait vu juste.

« Tiens, tiens, tiens, dit-elle en retenant un sourire amusé. Et très probablement pour un homme plus jeune. Pas vrai ? »

Mike devint écarlate, mais continua de ne rien dire.

« Assez ironique, ce retour des choses, reprit Maggie.

– Je suppose que oui, admit finalement Mike. Eh oui, Jennifer m'a quitté. Elle a rencontré un type il y a environ six mois, à mon insu, évidemment. Quoi qu'il en soit, elle est partie avec lui. Pour de bon. À Los Angeles. Elle veut divorcer.

– Ne t'en fais pas, Mike, tu réussiras à t'en sortir. Je l'ai bien fait, moi.

– Ne pourrions-nous pas essayer de nouveau, Maggie ? l'implora-t-il. Cela vaut la peine de tenter le coup. Les enfants sont d'accord, eux aussi. Et j'ai besoin de toi.

– Ah ! vraiment ! Eh bien, cela va peut-être te surprendre, mais je me fiche complètement que tu aies besoin de moi. De plus, ce que pensent

Peter et Hannah ne m'intéresse vraiment pas beaucoup. Ils se sont conduits envers moi d'une façon totalement inacceptable. Alors, mon attitude est exactement la même que la leur au moment où tu m'as plaquée pour une femme plus jeune. Pas question d'oublier ce que tu as fait.

– Ne sois pas si rancunière et si amère ! s'écria Mike, furibond. Je t'offre la possibilité de tout recommencer, de rebâtir notre famille, et tu réagis comme si je te demandais de te suicider ou de commettre un meurtre.

– Tu as vraiment le mot juste, vraiment très, très juste ! s'exclama Maggie. Car retourner avec toi *serait* effectivement un suicide. Tu m'as anéantie pendant des années, pendant toutes ces années où je t'ai connu, Mike. Tu ne m'as jamais laissée être moi-même.

– Tu n'as tout de même pas l'intention de devenir une vieille femme solitaire, abandonnée à elle-même, non ? » demanda-t-il avant de s'interrompre comme le serveur arrivait avec le café.

Quand il fut parti, Maggie répondit d'une voix glaciale :

« Tu n'es qu'un stupide égoïste. Au nom de quoi te permets-tu de penser que je suis seule ? En fait, je suis très amoureuse de quelqu'un.

– Et c'est sérieux ? s'enquit-il, incapable de dissimuler la colère qui se lisait sur ses traits.

– Oui, très sérieux. Nous allons même nous marier bientôt.

– Qui est-ce ?

– Je ne pense pas que cela te regarde. Nous avons divorcé, je te le rappelle. »

Maggie repoussa sa chaise, se leva et s'éloigna de la table. Puis elle s'arrêta et murmura :

« Au revoir. »

En traversant le salon, elle vit Samantha qui attendait devant la porte. Elle agita la main et sourit. Elle se sentait plus libre et plus heureuse qu'elle ne l'avait été depuis des années. Dans quelques jours, elle serait de nouveau avec Jake. Avec son avenir.

11

Jake devait se forcer pour se rappeler que la vitesse était limitée à soixante-dix kilomètres à l'heure et pour résister à la tentation d'appuyer à fond sur l'accélérateur. Il allait voir Maggie et il lui tardait d'arriver.

Elle l'avait appelé sur son récepteur de poche dès son arrivée chez elle, à Kent, après avoir atterri à l'aéroport Kennedy, et quand il lui avait demandé s'il pouvait venir, elle avait accepté immédiatement. Elle lui avait donné l'impression d'être contente de l'entendre, excitée même, et il en était enchanté. Elle lui avait manqué ; il se demandait si elle s'était ennuyée de lui.

Dix minutes plus tard, il entrait dans sa cour. Avant même qu'il ait arrêté le moteur, elle sortit par la porte de la cuisine et dévala les quelques marches. Son visage était rayonnant.

« Bonjour, mon amour ! » cria-t-il en claquant la portière derrière lui et en courant presque à sa rencontre.

Ils s'enlacèrent au milieu de la cour et il la fit

tournoyer. Tous deux riaient quand il se décida finalement à la remettre sur ses pieds.

Jake la tint à bout de bras et la contempla, un immense sourire aux lèvres.

Maggie lui rendit son sourire et s'écria :

« Tu m'as tellement manqué, Jake ! Je ne peux même pas te dire à quel point !

– Je sais. Toi aussi, tu m'as manqué », répondit-il.

Il la prit dans ses bras et l'embrassa ardemment sur la bouche. Incapable de s'arrêter, il l'inonda de baisers. Sur le front, les yeux, la figure, le cou.

« Je suis tellement heureux que tu sois de retour, Maggie.

– Moi aussi. Allez, viens, rentrons, Jake. Elle pencha la tête de côté et lui lança une œillade suggestive : Viens, j'ai quelque chose pour toi.

– Vraiment ? » fit-il en l'interrogeant du regard.

Elle hocha la tête, lui prit la main et l'entraîna vers la maison. Ses valises étaient encore dans la cuisine, avec son imperméable et un sac ; elle prit ce dernier et en sortit un paquet.

Elle se retourna et le lui offrit, soudain intimidée comme une fillette.

« C'est pour toi, Jake. Cela vient d'Écosse. »

Souriant largement et un peu impatient, il prit le cadeau et le regarda un petit moment.

« Qu'est-ce que c'est ? demanda-t-il finalement.

– Ouvre-le, tu verras bien », répondit-elle, les yeux fixés sur lui.

Il obtempéra et déballa un lourd chandail de pêcheur tricoté dans une grosse laine de couleur crème, puis il la regarda.

« Maggie, c'est splendide. Mais tu me gâtes trop.

– J'espère qu'il t'ira. J'ai hésité pour la taille. Grand, n'est-ce pas ? »

Il acquiesça et le tint contre lui.

« Je suis sûr qu'il m'ira parfaitement. Merci, Maggie. »

Il déposa le chandail sur une chaise, s'avança, l'enlaça et l'embrassa sur la joue :

« Merci... d'avoir pensé à moi pendant que tu étais au loin...

– Je n'ai pas cessé un seul instant, Jake. »

L'adoration qui se lisait dans ses yeux lui apprit ce qu'il voulait et avait besoin de savoir. Il se pencha vers elle, posa ses lèvres sur les siennes et l'embrassa passionnément.

Maggie se cramponna à lui, lui rendant ses baisers, répondant à son ardeur, se pressant contre lui, avide de sentir sa chaleur et son amour.

Finalement, il desserra ses bras et la regarda dans les yeux.

« Nous montons ? »

Maggie fit signe que oui.

Ensemble, ils montèrent l'escalier en se tenant par la main.

Jake eut le sentiment que leur étreinte serait plus frénétique et passionnée que jamais. Ils se dévêtirent et s'enlacèrent, cédant à l'excitation et à un sentiment d'urgence ; ils semblaient rivés l'un à l'autre, en proie à une intensité et à une impatience qui se reflétaient sur leur visage.

Jake entra en elle immédiatement, répondant à son envie, et elle était chaude et consentante et prête pour lui, comme il l'était pour elle.

Ils s'envolèrent ensemble, étroitement enlacés, s'appelant mutuellement par leur nom tandis qu'ils planaient de plus en plus haut, confondus dans un même éblouissement.

Quand il retomba finalement à côté d'elle, il se sentit vidé, presque épuisé par leur passion.

« Oh ! mon Dieu ! Oh ! Maggie, souffla-t-il. Il n'y a jamais rien eu de tel. Jamais. À aucun moment. Nulle part. Pas même avec toi. Jusqu'à maintenant. »

Il s'appuya sur un coude pour la regarder :

« C'était une première. »

Elle sourit et lui effleura le visage.

« Jake...

– Oui, mon amour ?

– Je t'aime... Je t'aime tellement... comme je n'ai jamais aimé personne.

– Oh ! Maggie, Maggie, fit-il en l'enveloppant de ses bras et en la serrant contre lui. Cela fait des siècles que je voulais entendre ces mots de ta bouche. Je t'aime, moi aussi. Mais tu le sais, je te l'ai dit la première nuit.

– J'éprouvais la même chose, mais je voulais

en être bien sûre. De mes sentiments, je veux dire.

– Et tu en es sûre, maintenant ?

– *Absolument.*

– Je suis si content. »

Maggie était allongée contre lui, le tenant dans ses bras, laissant errer ses pensées. Elle sortit enfin de sa rêverie et dit :

« Jake, j'ai une surprise pour toi.

– Mmmmmmmm », murmura-t-il paresseusement sans faire un geste.

Maggie tenta de s'asseoir, mais il l'étreignait et ne voulait pas la lâcher. Luttant légèrement, elle dit doucement :

« Laisse-moi me lever, Jake. J'ai quelque chose à te dire.

– Alors, dis-le-moi.

– Oui, mais je voudrais te regarder en te parlant.

– Oh ! »

Intrigué, il la lâcha et s'assit.

Maggie glissa vers lui et s'assit à son tour, enserrant ses genoux dans ses bras, les yeux fixés sur lui.

« Allez, chérie, raconte-moi », dit-il en l'observant avec curiosité.

Maggie sourit.

« Je suis enceinte, Jake. J'attends un bébé. Notre bébé. »

Un sourire extatique se répandit sur son visage et ses yeux s'illuminèrent.

« Mais c'est fantastique ! *Un bébé !* C'est merveilleux, Maggie ! C'est vraiment fabuleux.

– Tu es content, alors ?

– Et comment ! J'ai toujours voulu un enfant. Je te l'avais dit. Quand l'as-tu su ? Quand va-t-il naître ? Je me demande si ce sera un garçon ou une fille. »

Pendant un bon moment, il l'accabla de questions. Maggie répondit à chacune, heureuse de son enthousiasme et de son bonheur, soulagée qu'il ait réagi ainsi.

Un peu plus tard, ils firent encore l'amour.

« Pour fêter la venue du bébé », chuchota Jake dans son oreille.

Puis ils s'endormirent dans les bras l'un de l'autre.

Jake fut le premier à se réveiller, environ une demi-heure plus tard. Il se glissa hors du lit et alla dans la salle de bains prendre une douche.

Quand il revint dans la chambre, une serviette autour des reins, Maggie était en train d'enfiler un cafetan de soie. Elle se retourna en l'entendant ; comme d'habitude, elle en éprouva un choc... Sa beauté sombre, ses yeux verts si expressifs, ses cheveux noirs coiffés en arrière après la douche ne cessaient jamais de la surprendre. Il y avait des moments où elle en avait le souffle coupé.

« Tu as l'air ébahi, dit-il.

– Je sais. Excuse-moi. C'est juste que c'est tellement bon de te voir. »

Pendant un instant, elle eut envie de lui raconter que, le premier soir où ils s'étaient rencontrés, au Petit Théâtre, à Kent, Samantha l'avait surnommé Tom Cruise. Mais elle se retint, sachant que l'anecdote ne l'amuserait pas. Il n'aimait pas les allusions à sa beauté et à son physique.

Maggie traversa la chambre rapidement, le cafetan flottant autour d'elle.

« J'ai acheté quelques provisions en venant de l'aéroport. Des steaks et de la salade pour dîner. Qu'en penses-tu ?

– Génial. Je descends dans un instant. Si tu ouvres une bouteille de Perrier, nous pourrons prendre un verre dehors pendant que je ferai griller les steaks sur le barbecue.

– Marché conclu », répondit-elle en quittant la pièce.

Après avoir boutonné sa chemise blanche et enfilé son jean et ses bottes, Jake descendit. Il trouva Maggie attablée sur la terrasse, la bouteille de Perrier dans un seau à glace. Pendant qu'il s'asseyait à côté d'elle, elle remplit deux verres.

« Santé », dirent-ils ensemble en trinquant.

Après avoir bu une longue gorgée, Jake observa :

« Comme je te l'ai dit l'autre jour au téléphone, tout marche à merveille à Havers Hill, Maggie. Je sais que Mark et Ralph t'ont tenue au courant de l'évolution des travaux. Mais j'ai hâte que tu viennes voir le chantier, demain. Tu seras agréablement surprise.

Elle fit un grand sourire.

« J'en suis sûre. Je pense que je vais y aller deux fois, demain. D'abord le matin, et ensuite dans la soirée. Je veux voir les éclairages extérieurs quand il fera nuit. Tu as dit qu'une partie était déjà en place.

– Oui, mais à titre provisoire seulement. Pour que tu puisses en juger. Je les ai installés de telle sorte que, si ça ne te convenait pas, on puisse les déplacer. Mes hommes n'ont pas creusé les tranchées pour enterrer les câbles. On le fera dès que tu auras donné ton accord.

– J'aurais aimé que tu sois avec moi en Écosse, Jake. J'ai découvert des antiquités fantastiques. »

Ils continuèrent de parler des travaux à Havers Hill pendant un moment, puis ils retournèrent à la cuisine. Maggie sortit du réfrigérateur la salade qu'elle avait préparée et déposa le saladier sur un plateau, avec les assiettes, les couverts et les serviettes. Jake insista pour porter le tout ; Maggie le suivit avec les steaks.

« J'ai rarement vu des lucioles, dit Maggie en agrippant le bras de Jake. Regarde ! Là-bas ! Les petites lumières qui dansent au milieu des buissons.

– Tu as raison ! s'exclama-t-il. Je n'en avais pas vu depuis mon enfance. Je devais avoir quatorze ans, Amy et moi allions chez sa tante... »

Jake s'arrêta, se laissa aller contre le dossier de sa chaise, but un peu de café, devenu subitement silencieux et tendu.

« Pourquoi t'es-tu interrompu ? demanda Maggie.

– Ce n'est pas une histoire très passionnante », marmonna-t-il en se levant.

Il traversa la terrasse jusqu'à la pelouse qui s'étalait en contrebas.

Devant son soudain changement d'humeur et voyant bien que quelque chose le perturbait, Maggie se leva et s'en fut le rejoindre. Elle le rattrapa sur la pelouse, le prit par le bras et l'obligea à lui faire face.

« Qu'est-ce qui ne va pas, chéri ? » demanda-t-elle avec appréhension.

Il s'arrêta, la regarda et secoua la tête. Un profond soupir lui échappa.

« Je ne voulais pas t'en parler ce soir. Pas le soir de ton retour. Je voulais que nous puissions savourer nos retrouvailles. Mais il va bien falloir que je te mette au courant...

Il soupira de nouveau, posa sa main sur son épaule et la regarda droit dans les yeux :

« J'ai une très mauvaise nouvelle, Maggie. »

Elle le dévisagea.

« De quel genre ?

– C'est à propos d'Amy...

– Le divorce est reporté, c'est ça ? »

Il nia de la tête.

« Non, pas au sens où tu l'entends. Mais il est quand même reporté.

– Tu as toujours dit qu'elle était contre l'idée de divorcer et je ne peux pas l'en blâmer, murmura Maggie, soudain démoralisée après l'excitation de la soirée et leur dîner en tête à tête.

– Ce n'est vraiment pas de sa faute », commença Jake.

Il s'interrompit, toussota et dit à voix basse :

« Pendant que tu étais partie, j'ai appris qu'Amy a un cancer. Un cancer de l'ovaire.

– Oh ! non, Jake ! Mais c'est affreux ! Je suis désolée. Est-ce qu'elle est sous traitement ?

– Oui, une chimiothérapie. Elle a commencé au début de la semaine. Cela réussira peut-être à enrayer la maladie.

– Espérons-le », dit Maggie.

Elle s'écarta et traversa la pelouse, sachant d'avance ce qu'il allait dire. Elle le savait parce qu'elle le connaissait. C'était un type bien, un homme sensible et compatissant.

Jake la rattrapa et lui passa son bras autour des épaules.

« Je vais devoir l'aider le plus possible, faire tout ce que je pourrai pour elle, Maggie. Tu comprends cela, n'est-ce pas ?

– Oui, bien sûr.

– Il m'est impossible de remettre la question du divorce sur le tapis, pas maintenant.

– Je comprends... »

Maggie se tut, respira profondément et reprit, d'un ton calme :

« Vas-tu retourner à New Milford ? Vas-tu aller vivre avec Amy ?

– Ah ! non ! Pas question ! Comment peux-tu penser une chose pareille ? protesta-t-il en tournant son visage vers le sien. Je t'aime, Maggie. Je ne veux pas te perdre. Je veux seulement que tu comprennes que je vais devoir l'aider au maximum, surtout financièrement. Elle est couverte par mon assurance médicale. Je ne peux pas lui enlever cela. Si nous divorçons, elle perdra ses droits. Elle a besoin que je m'occupe d'elle, en ce moment. Elle est comme un enfant, elle a toujours été dépendante de moi. Dès que son cancer sera enrayé, je lui demanderai de nouveau d'aller voir son avocat. »

Maggie serra les lèvres et hocha la tête. Elle avait peur de parler. Elle ne voulait pas se laisser aller à dire ce qu'il ne fallait pas. Elle ne voulait pas le perdre non plus. Les larmes lui montèrent aux yeux.

Dans la lumière diffuse du crépuscule, il les vit briller au bout de ses cils bruns et la prit dans ses bras.

« Ne pleure pas. Je sais à quoi tu penses. Tu penses au bébé.

– Oui, chuchota-t-elle, le nez enfoui dans sa chemise qu'elle mouillait de ses larmes.

– Veux-tu m'épouser, Maggie ? Dès que nous le pourrons ?

– Oui, je le veux. Je t'aime.

– Je t'aime. Je te veux et je veux notre bébé. Mais je dois m'occuper d'Amy. Jusqu'à ce qu'elle aille mieux. Tu le comprends ?

– Si tu n'étais pas ce que tu es, répondit Maggie en acquiesçant de la tête, je ne pense pas que je t'aimerais autant. Je t'attendrai, Jake. J'attendrai. »

12

« Amy, c'est moi ! » appela Jake en ouvrant la porte de son appartement.

Il se baissa pour ramasser les sacs d'épicerie qu'il avait déposés dans le couloir et entra. Il se dirigea vers le salon et s'immobilisa dans l'embrasure de la porte.

« Bonjour, Amy », dit-il en lui souriant affectueusement.

Assise sur le canapé dans la lumière tamisée du salon, Amy regardait la télévision.

« Salut, Jake, répondit-elle à voix basse avec un vague sourire.

– Je suis à toi dans une minute, Amy. Je vais d'abord porter tout ça dans la cuisine. »

Amy fit un signe de tête et se laissa retomber sur le canapé. Elle était enchantée de voir Jake, mais ne semblait pas avoir la force de le lui montrer.

Jake trouva qu'elle était extrêmement pâle et paraissait plus faible que d'habitude, mais il ne dit rien. Il pivota sur ses talons et fila vers la cuisine ; après avoir déposé les courses sur la table, il jeta un coup d'œil autour de lui. Depuis quelques semaines, Mary Ellis, la femme d'un de ses électriciens, venait faire le ménage de l'appartement. Elle s'en chargeait moins pour l'argent que pour lui faire une faveur et parce qu'elle avait bon cœur, et il était content du résultat. La cuisine n'était pas seulement propre et impeccable, elle étincelait.

Après avoir tout rangé, Jake revint dans le salon et s'assit en face d'Amy.

« Comment te sens-tu, aujourd'hui ? lui demanda-t-il en l'examinant attentivement, pensant qu'elle était plus émaciée que jamais.

– Fatiguée, Jake, un peu à plat.

– Veux-tu que je te prépare quelque chose a manger avant de retourner travailler ? »

Elle refusa d'un signe de tête.

« Je n'ai pas faim... Je n'ai jamais faim, ces jours-ci. Mais tu peux manger, si tu veux.

– Non, merci. Je ne peux pas m'attarder. Je dois retourner au chantier le plus vite possible, nous installons un câblage compliqué aujourd'hui. Quand dois-tu retourner à l'hôpital ?

– Demain. Ma mère va m'y conduire.

– Que dit le médecin ? Est-ce qu'il constate déjà une amélioration ?

– Je pense que oui. Mais cela ne veut pas dire que je ne vais pas mourir, Jake. Il n'y a pas grand monde qui survive à un cancer. Nous le savons tous, murmura-t-elle d'une voix presque inaudible.

– Tu ne dois pas penser négativement, Amy, répondit-il doucement mais avec fermeté. Et tu dois reprendre des forces. Rester sans manger est la pire des choses à faire. Pourquoi ne me laisses-tu pas te préparer une assiette ? J'ai fait les courses. J'ai acheté un tas de choses au supermarché, tout ce que tu aimes.

– Je n'ai pas faim, Jake », fit-elle, la voix tremblante.

Elle respira profondément, ouvrit la bouche pour ajouter quelque chose mais se tut. Les larmes jaillirent de ses yeux et coulèrent lentement le long de ses joues livides.

Jake se leva aussitôt et vint s'asseoir sur le canapé à côté d'elle. Il la prit dans ses bras et la serra contre lui.

« Ne pleure pas, Amy. Je t'ai dit que j'allais m'occuper de toi et je vais le faire. Tout se passera bien, tu iras mieux. C'est ce qu'il y a de plus pénible, tu le sais, le traitement et toutes les souffrances qu'il entraîne. Je sais que cela t'affaiblit, mais tes forces vont finir par revenir. Et quand tu seras rétablie, je t'enverrai avec ta mère en Floride pour ces vacances que je t'ai promises.

– Tu viendras toi aussi, Jake, n'est-ce pas ? demanda Amy en le regardant d'un air mélancolique.

– Tu sais que je ne peux pas. Il faut que je travaille. Je dois être constamment présent si je veux que mes affaires marchent. Je ne peux pas tout laisser en plan, pas maintenant.

– J'aimerais que tu viennes quand même.

– Je sais. Écoute-moi, Amy, toi et ta mère, vous allez adorer ça, là-bas. Et cela vous fera du bien à toutes les deux.

– Jake...

– Oui, ma grande ?

– Je ne veux pas mourir. »

Elle se remit à pleurer, sanglotant contre son épaule.

« J'ai tellement peur. Je crois que je vais mourir. Et je ne veux pas, cela m'effraie, Jake.

– Chut ! chut ! Ne te ronge pas les sangs avec ça. Pense à ce que je viens de te dire. C'est très mauvais pour toi de te laisser aller comme ça. Tu dois garder ton calme, être positive. Tout ira bien, Amy. Allons, calme-toi. »

Elle finit par arrêter de pleurer, et, quand elle fut plus détendue, Jake se leva et alla dans la cuisine faire bouillir de l'eau pour le thé. Il lui en apporta une tasse sur un plateau et resta encore un moment à bavarder avec elle, dans l'espoir d'apaiser ses craintes et ses angoisses et de lui changer les idées.

En revenant à Kent-Sud, Jake avait l'esprit préoccupé par Amy. Il lui apportait toute l'aide qu'il pouvait, mais elle devait y mettre du sien.

Le médecin lui avait dit qu'une attitude positive pouvait faire des miracles et que bien des gens avaient triomphé du cancer de cette façon. Jake savait mieux que personne à quel point Amy pouvait être négative ; il espérait qu'il pourrait lui faire comprendre combien il était important pour elle de voir les choses du bon côté, de se promettre d'aller mieux et de tout faire pour y parvenir. Mais elle se montrait plus négative que jamais, était apathique et morose. Il l'aidait de son mieux, aussi bien financièrement et en faisant ses courses qu'en venant la voir dès qu'il avait un moment de libre, pour lui remonter le moral.

Avant d'arriver à Havers Hill Farm, Jake avait décidé d'avoir une conversation avec la mère d'Amy. Elle saurait peut-être se montrer plus convaincante que lui.

Après avoir garé la camionnette, il se rendit directement à la cuisine avant d'aller voir où en étaient Kenny et Larry qui travaillaient sur les éclairages extérieurs.

La serviette de Maggie était sur le plancher et ses papiers étaient étalés comme d'habitude sur la vieille table de cuisine, mais elle n'était visible nulle part. Il monta l'escalier quatre à quatre et la trouva dans la chambre principale en train de prendre des mesures.

En entendant ses pas, elle se retourna et son visage s'illumina à sa vue.

« Bonjour ! » lança-t-elle en venant à sa rencontre.

Il souriait largement et était tellement avide de la serrer dans ses bras qu'il ne remarqua pas son expression préoccupée ni l'inquiétude tapie au fond de ses yeux. Elle savait qu'il avait beaucoup de choses à assumer – son entreprise, son propre travail, la maladie d'Amy et elle-même. Il était visiblement épuisé.

En l'enlaçant, Jake demanda :

« Comment te sens-tu, Maggie ? Et comment va le bébé ? »

Elle lui rendit son sourire en oubliant ses inquiétudes un moment.

« Nous sommes tous les deux dans une forme superbe et ravis de te voir. Tu étais avec Amy ?

– Oui. Je lui ai fait quelques courses.

– Comment va-t-elle, Jake ? s'informa-t-elle en fronçant les sourcils.

– Pas très bien, répondit-il en hochant la tête. Abattue. Déprimée, je pense.

– Qui pourrait le lui reprocher ? C'est vraiment terrible pour elle d'être si malade. Elle est tellement jeune. C'est si triste et désolant.

– Si seulement elle avait ton caractère, ta nature positive, Maggie, je suis sûr que cela l'aiderait beaucoup. »

Maggie acquiesça et se libéra de ses bras.

« Viens, je voudrais te montrer quelque chose. »

Elle avait délibérément abandonné le sujet dans l'espoir de lui changer les idées, de lui remonter le moral. Amy semblait bien lui avoir communiqué son humeur morose.

Elle lui prit la main et l'entraîna au rez-de-chaussée, dans la salle à manger.

« Hier, la table est arrivée de chez l'antiquaire de New York. Regarde. »

Tout en parlant, elle avait retiré la housse et elle recula pour mieux admirer la table.

« Quel bois splendide ! s'exclama Jake. C'est une pièce très ancienne, ça se voit tout de suite.

– Très vieille, oui, du XIXe siècle. Et c'est du bois d'if. »

Jake jeta un coup d'œil autour de lui.

« Cette pièce est vraiment en train de prendre forme. »

Il s'approcha d'un mur où Maggie avait collé des échantillons de tissus et de tapis, ainsi qu'une pastille de peinture.

« Rouge tomate ? s'enquit-il en haussant éloquemment un sourcil.

– Tout juste, répliqua Maggie en riant. Du ketchup avec un soupçon de crème. Et une moquette vert avocat... C'est ce que j'ai réussi à obtenir de mieux. »

Elle fut soulagée de l'entendre rire. Elle avait au moins réussi à chasser temporairement de son esprit la maladie d'Amy.

« J'ai remarqué quelque chose dernièrement, reprit Jake. Chaque fois que tu parles de couleurs, tu te réfères à des aliments.

– N'oublie pas que je suis enceinte. Je suis en proie à toutes sortes d'envies.

– C'est inutile de me le rappeler. Je serais incapable de l'oublier. »

Il se pencha vers elle et l'embrassa sur la joue.

« Bon, je vais aller voir ce que fabriquent mes bonshommes. On dîne ensemble ? Je me charge de tout.

– Génial », répondit-elle avec un large sourire.

13

« Est-ce que tu m'écoutes, Amy ? demanda sa mère en la regardant du coin de l'œil pour ne pas détourner son regard de la route.

– Mais oui, maman, je t'écoute. Tu as dit que Jake trouve que j'ai une attitude trop négative à propos de mon cancer.

– C'est ça, murmura Jane Lang. Il dit que ce serait bien mieux pour toi si tu sortais un peu, si tu avais des activités quand tu te sens suffisamment bien et que tu n'as pas mal. As-tu mal en ce moment, Amy ?

– Non, maman, pas du tout. Je ne sais pas ce qu'il entend par “avoir des activités ”. Nous n'en avions pas beaucoup quand nous étions mariés. Il était toujours en train de travailler, travailler, travailler... Un vrai maniaque du travail, crois-moi.

– Que veux-tu dire par “ quand nous *étions* mariés ” ? Tu es toujours mariée avec lui, Amy, ne l'oublie pas. Si tu parvenais à ne penser qu'à Jake, je suis certaine que vous pourriez renouer, tous les deux. Il t'aime, ma chérie, et je sais que tu l'aimes. C'est ridicule de vous être séparés. Il est si gentil. J'ai toujours eu beaucoup d'affection pour lui, depuis votre enfance.

– Je ne pense pas qu'il le veuille, maman.

– Mais regarde la façon dont il prend soin de toi en ce moment, Amy. Il se charge des questions d'argent, il s'occupe d'un tas de choses, comme d'avoir trouvé cette femme qui vient t'aider pour l'appartement et de la payer. Et il fait tes courses au supermarché. Il t'aime, j'en suis sûre.

– Oh ! je n'en sais rien. Peut-être est-ce juste par gentillesse. Il est comme ça.

– Comme quoi, chérie ?

– *Gentil*, maman. Jake a toujours été gentil avec moi, depuis l'époque où nous étions des gosses, au lycée, répondit Amy avec un brin d'impatience.

– Tu ne m'as jamais vraiment expliqué *pourquoi* Jake et toi avez rompu, *pourquoi* vous avez décidé de divorcer. Quelle est la raison derrière tout ça ? demanda Mme Lang.

– À dire vrai, maman, je n'en sais trop rien. Je suppose que nous avons dû nous éloigner l'un de l'autre, tu vois... »

La voix d'Amy se brisa. Elle ne savait vraiment pas comment tout ce gâchis avait pu commencer.

« Mais tu peux le reconquérir ! Cela te donnerait un but... Tu dois essayer de toutes tes forces, Amy, y mettre tout ton cœur et toute ton âme. Toi et Jake étiez faits l'un pour l'autre. C'est tellement dommage, toute cette histoire... »

Mme Lang soupira et ralentit en abordant une courbe difficile sur la route glissante.

« Et c'est aussi dommage que vous n'ayez pas d'enfants. Je ne sais pas pourquoi tu n'as jamais envisagé d'avoir une famille, Amy...

– Heureusement que je ne l'ai pas fait, s'exclama Amy en lui coupant la parole, maintenant que je suis en train de mourir. Que seraient-ils devenus ? Ils seraient presque orphelins, avec leur mère morte d'un cancer à vingt-neuf ans et leur père qui travaille jour et nuit, qui n'est jamais à la maison.

– Ne parle pas comme ça, Amy, cela me fait beaucoup de peine. Et tu n'es *pas* en train de mourir. Le Dr Stansfield m'a dit que tu allais bien.

– C'est vrai ?

– Absolument.

– Quand t'a-t-il dit cela, maman ?

– Cet après-midi. Pendant que tu te rhabillais. Il trouve que tu as fait des progrès fantastiques.

– Moi, je n'en ai pas l'impression, marmonna Amy. Je n'ai pas vraiment mal, mais je me sens dans un état lamentable, maman, vraiment lamentable. Je l'ai dit à tante Violet quand nous étions dans la cuisine ce soir, tu sais, pendant qu'elle préparait les hamburgers. Elle m'a offert une vodka en me disant que cela me ferait du bien.

– Cette femme est vraiment incorrigible, parfois ! s'écria Mme Lang.

– C'est ta sœur, maman.

– Et nous sommes comme le jour et la nuit.

– C'est possible.

– Moi, je le sais. Quoi qu'il en soit, chérie, nous allons faire ce voyage en Floride, le mois prochain. Cela va beaucoup te plaire. Jake me l'a encore dit ce matin, quand il a téléphoné. Tu te rappelles quand ton papa nous avait emmenées en Floride ? Tu avais six ans. Tu avais adoré cela.

– Je verrai peut-être Mickey Mouse avant de mourir, murmura Amy.

– Ne dis pas ça, Amy, surtout ne dis pas ça, chuchota sa mère.

– Désolée, maman. Mais j'espère que je verrai Mickey.

– Bien sûr que tu le verras, dès que nous serons à Disney World », dit Mme Lang en fixant la route.

La pluie avait cessé, mais la nuit restait chargée d'humidité ; sachant qu'Amy était fatiguée et voulant la ramener chez elle au plus vite, Mme Lang déboîta, impatientée par la Toyota qui la précédait en se traînant sur la route.

Elle ne vit pas le véhicule qui fonçait sur elle en sens contraire sur l'autre voie. Aveuglée par les phares éblouissants, Jane Lang leva une main du volant pour s'abriter les yeux et, ce faisant, perdit complètement la maîtrise de sa voiture. Mais elle n'avait pas la moindre chance de s'en sortir. Le camion qui venait vers elle à toute allure les heurta de plein fouet.

Amy entendit le hurlement de sa mère et le bruit de verre brisé. Elle sentit l'impact, fut projetée en avant, puis en arrière, comme une poupée de chiffon.

« Maman », prononça-t-elle avant de s'évanouir.

Amy se retrouva subitement et inexplicablement hors de la voiture, flottant au-dessus du pare-brise. Elle pouvait voir sa mère à l'intérieur, coincée par le volant contre le siège avant. Et elle, elle était là également, assise à côté de sa mère sur le siège adjacent. En tout cas, son corps y était. Amy comprit qu'elle et sa mère étaient toutes deux inconscientes dans la voiture.

Sous elle, des gens s'agitaient. Le chauffeur du camion, qui s'en était sorti indemne ; d'autres conducteurs, dont on faisait reculer les véhicules à cause de la collision. Puis elle entendit les sirènes et vit arriver deux motards.

« Je suis en train de mourir, se dit Amy. Non, je suis vraiment morte. Je suis déjà morte et j'ai quitté mon corps. »

Elle pouvait le voir, ce corps. Elle flottait au-dessus d'elle-même, regardant cette enveloppe vide.

Amy n'éprouvait pas la moindre peur. Pas plus qu'elle ne regrettait d'être morte. En fait, elle se sentait au comble du bonheur, enfin libérée de la douleur et de la tristesse, sans aucune attache avec ce bas monde.

Curieusement, Amy avait été happée par quelque chose qui ressemblait à un aspirateur gigantesque. Elle était dans le tuyau. Non, ce n'était pas un tuyau, corrigea-t-elle, mais un long tunnel. Elle s'y sentait tirée par une force irrésistible. Elle n'était nullement bouleversée, même si elle savait qu'elle était morte.

À la toute fin du tunnel, elle pouvait apercevoir un minuscule point lumineux. Tandis qu'elle s'en approchait, aspirée vers cette lumière, celle-ci grossissait et brillait de plus en plus. Bientôt, elle émergea du tunnel, clignant des yeux, adaptant sa vision à la lumière. C'était une lumière d'une beauté extraordinaire, qui l'entourait, l'enveloppait de sa chaleur et de son éclat. La lumière l'enserrait, et elle se sentait le cœur léger, incroyablement heureuse. Elle baignait dans une ambiance de calme et de paix et d'amour inconditionnel, émanant de cette lumière qui enveloppait le tout. Elle se laissa aller.

Amy flottait dans la lumière, en état d'apesanteur ; elle s'était débarrassée de son enveloppe charnelle. Et elle comprit qu'elle était arrivée dans un autre monde, dans une dimension différente, qu'elle était un pur esprit.

Elle prit bientôt conscience que d'autres esprits flottaient dans la lumière éclatante. Ils lui transmettaient leur amour et leur chaleur sans dire un mot, selon un mode de communication qui leur était propre. Elle leur exprima son amour à son tour et elle sut qu'ils l'accueillaient.

La lumière changea, sa luminescence blanche absorbant des prismes de couleur qui contenaient chacun une couleur de l'arc-en-ciel. Un autre esprit s'approcha d'elle pour l'accompagner et Amy comprit que c'était son guide et qu'il la conduisait doucement vers une autre destination. Elle savait, sans qu'on le lui ait dit, que cet esprit était une âme ancienne et qu'il s'appelait Marika. C'était Marika qui évoluait à ses côtés, très tendrement et avec beaucoup d'amour.

La lumière s'adoucissait de plus en plus, perdant de son intensité. Amy émergea de son rayonnement et découvrit le paysage le plus incroyablement beau qu'elle eût jamais vu. C'était un endroit sans le moindre défaut. La perfection même, le paradis, un lieu d'où la douleur était absente, et qui respirait la pureté et la bonté.

Ce paysage où flottait Amy était constitué de verts pâturages, de clairières regorgeant de fleurs, de collines boisées au-dessus d'un lac d'un bleu miroitant. Des montagnes aux pics couverts d'une neige étincelante dominaient ce décor bucolique, et le tout baignait dans l'éclat doré du soleil.

Plusieurs esprits comme elle flottaient au-dessus des clairières. Instinctivement, Amy sut que c'était des esprits anciens qui s'étaient joints à des âmes plus jeunes. C'est alors qu'elle le vit. Son père. À sa vue, elle eut le souffle coupé. Elle savait que c'était lui. Même s'il avait revêtu la forme d'un esprit, d'un être pur, immatériel, tout comme elle, Amy sentait qu'il émanait de lui un amour particulier qui coulait vers elle et que c'était exactement ce même amour qu'elle se rappelait avoir connu dans son enfance.

Au même moment, elle perçut l'esprit de sa mère qui flottait vers celui de son père. L'aura de sa mère était radieuse et sereine, sans rien de commun avec ce corps broyé qui était la dernière chose qu'Amy avait vue derrière le volant de la voiture accidentée. Ses parents se rejoignirent et vinrent vers elle. Ils lui parlèrent. Même s'ils s'exprimaient sans mots, elle comprenait tout. Ils lui dirent combien ils l'aimaient. Ils lui dirent qu'ils allaient l'attendre, mais qu'elle devait retourner sur terre un certain temps. « Ton heure n'est pas encore venue, lui dit sa mère. C'était mon heure, Amy, mais pas la tienne. Pas encore. » Ils l'enveloppaient de leur immense amour et elle n'avait pas peur ; elle était heureuse.

Marika revint pour la guider, lui expliquant qu'elle devait poursuivre sa route. Bientôt, elles flottèrent de nouveau au cœur de la lumière éclatante et pénétrèrent dans une grotte de cristal qui miroitait et dégageait un rayonnement intense, d'une incroyable puissance.

Amy comprit immédiatement qu'elle se trouvait en présence de deux femmes, que c'étaient d'anciens esprits qui allaient lui insuffler un peu de leur sagesse. Marika lui expliqua qu'elle comprendrait tout, qu'elle comprendrait l'univers et la signification de toute chose.

La grotte était d'une beauté dépassant l'imagination, entièrement faite de cristal de roche et de stalactites gigantesques qui étincelaient dans la lumière blanche et diffusaient des centaines de milliers de prismes dont les teintes lumineuses allaient du jaune pâle au rose et au bleu.

Amy fut brièvement aveuglée par la clarté que dégageait la grotte de cristal et elle cligna plusieurs fois des yeux.

Quelques instants plus tard, son existence antérieure lui apparut avec une acuité qu'elle n'avait jamais connue auparavant, elle se vit elle-même et elle comprit aussitôt les erreurs qu'elle avait commises pendant sa vie terrestre. C'était à cause de son attitude négative, de son apathie ; elle comprit alors tout ce qu'elle avait perdu pour n'avoir pas su utiliser les dons qu'elle avait reçus. C'est ce que lui expliquèrent les deux esprits féminins. Amy se sentit attristée.

Puis elle vit Jake. Elle le vit à cet instant précis, comme s'il avait été là, à ses côtés. Mais ce n'était pas le cas. Il se trouvait dans une chambre quelque part, avec une femme, une femme qui comptait pour lui. Une femme qu'il aimait. Profondément. Elle sentit l'harmonie et la chaleur qui les unissaient. Aussitôt, Amy comprit ce qu'était la vie de Jake. Elle le vit dans le passé, dans le présent et dans le futur. Sa vie tout entière se déroulait sous ses yeux comme dans un film.

Mais Marika lui communiquait quelque chose, lui disait qu'elle devait partir, poursuivre sa route. Pourtant, Amy ne voulait pas s'en aller. Elle refusait de partir. Elle voulait rester. Soudain, elle se sentit entraînée dans une spirale et poussée hors de la grotte par Marika.

Marika la pressait gentiment de revenir dans le tunnel. Mais elle ne voulait pas et se débattait. Elle brûlait du désir de rester dans ce paradis où régnaient uniquement la paix et le bonheur et un amour sans faille. Mais Marika ne le permettait pas. Elle dit à Amy qu'elle devait retourner sur terre.

Amy parcourut le tunnel à vive allure, revenant vers les ténèbres, laissant derrière elle cette dimension chatoyante, quittant la lumière.

Elle se sentit soudain poussée et se retrouva sur le plan terrestre, flottant de nouveau au-dessus de la voiture disloquée de sa mère, avec leurs deux corps coincés à l'intérieur.

Amy vit le chauffeur du camion, les autres conducteurs et les motards qui gesticulaient autour de la voiture. Puis une ambulance arriva. Elle continua de regarder tandis qu'on extrayait sa mère de la voiture et que son propre corps était soulevé et déposé sur une civière.

Avec une terrible secousse et un sifflement inattendus, Amy réintégra son corps.

Elle ouvrit finalement les yeux. Puis les referma. Elle se sentait si lasse, si épuisée. Et il y avait cette douleur dans sa tête, une douleur terrible comme si on lui martelait le front. Elle sombra aussitôt dans l'inconscience.

Violet Parkinson, la tante d'Amy, et sa fille Mavis ne quittaient pratiquement pas le chevet d'Amy à l'hôpital de New Milford. Jake venait lui aussi, mais il était obligé de repartir pour s'occuper de son entreprise et pour travailler. Il était sincèrement inquiet pour elle et se demandait comment elle réagirait quand, après avoir repris conscience, elle apprendrait que sa mère avait été tuée dans la terrible collision.

Jake était également très préoccupé par l'état d'Amy. Elle avait subi de graves coupures et de nombreuses contusions, et bien que les médecins fussent d'avis qu'elle n'avait pas de blessures internes, elle était dans le coma.

Ce soir-là, le troisième depuis l'accident, Jake était assis à côté du lit d'hôpital et tenait la main d'Amy. Ils étaient seuls. Il avait envoyé Mavis et la tante Violet prendre un sandwich et un café en bas, parce qu'elles avaient apparemment veillé Amy toute la journée.

Il laissa ses pensées vagabonder. Il résolut dans sa tête un problème complexe de câblage pour la ferme, pensa pendant quelques minutes à Maggie, puis leva les yeux, sidéré, en entendant Amy dire :

« J'ai soif. »

Lui consacrant aussitôt toute son attention, il s'exclama :

« Amy ! Oh ! merci, mon Dieu ! Tu es réveillée !

– J'étais dans un autre endroit, Jake, chuchota-t-elle. Je veux t'en parler.

– Je le sais, répondit-il en hochant la tête. Tu étais inconsciente depuis trois jours. Tu as dit que tu avais soif ? Attends, je vais t'apporter un peu d'eau.

– Jake !

– Oui, Amy ?

– Ma mère est morte. »

Son étonnement fut tel qu'il la regarda bouche bée, incapable d'articuler le moindre mot.

« Ne me dis pas le contraire pour essayer de me protéger, parce que je sais qu'elle est morte. »

Jake, qui s'était levé, se pencha vers elle et la regarda d'un air perplexe.

« Attends un instant, ma grande, je vais te chercher de l'eau et prévenir le médecin que tu as repris connaissance.

– J'étais morte, moi aussi, Jake, mais je suis revenue. C'est pour cela que je sais que ma mère est morte. J'ai vu son esprit avec celui de mon père. »

Jake se rassit sur la chaise et lui demanda doucement :

« Où, Amy ?

– Au paradis, Jake. C'est un endroit tellement magnifique. Plein de lumière. Un endroit qui te plairait, toi qui as toujours été fasciné par la lumière. »

Jake en resta sans voix. Il continua de lui tenir la main, ne sachant que dire, complètement dépassé par ce qu'elle lui racontait.

« Ma mère est en sécurité là-bas, reprit Amy en soupirant. Et elle est heureuse maintenant. Elle est avec mon père. Il lui a toujours manqué, tu sais.

– Oui », répondit-il, absolument sidéré.

Il se demandait si ce n'était pas l'effet des médicaments. Les médecins lui avaient évidemment fait de nombreuses injections, même s'il ne savait pas de quoi. Elle était si calme, si maîtresse d'elle-même qu'il avait du mal à s'y retrouver. Il connaissait Amy depuis pratiquement toujours et il n'aurait jamais cru qu'elle se comporterait comme cela après la mort de sa mère. Elles avaient toujours été très proches l'une de l'autre, et il ne comprenait pas pourquoi Amy ne réagissait pas de façon hystérique. Oui, c'était peut-être à cause des médicaments qu'elle lui avait dit, un peu plus tôt, qu'elle était morte mais qu'elle était revenue.

Comme si elle lisait dans ses pensées, Amy déclara doucement :

« J'étais morte, Jake. Tu dois me croire. »

Il la dévisagea en fronçant légèrement les sourcils.

« Je suis fatiguée, soupira Amy, je voudrais dormir.

– Je vais chercher le médecin, Amy. »

Il lâcha sa main, se leva et se dirigea vers la porte.

« Je vais demander à l'infirmière de t'apporter un verre d'eau.

– Merci, Jake. »

Il fit un signe de tête et sortit de la pièce.

« C'était vraiment étrange, Maggie, dit Jake doucement en la regardant d'un air attentif. Quand Amy est enfin sortie du coma, ce soir, elle m'a dit que sa mère était morte. Elle n'était pas hystérique, contrairement à ce que j'avais craint. Elle était calme. Sereine. »

Il secoua la tête, but une gorgée de bière et reprit :

« Elle m'a également dit quelque chose de bizarre. »

Comme il hésitait à poursuivre, Maggie lui demanda :

« Quoi ?

– Elle m'a dit que sa mère était avec son père. Dans un autre endroit. Un endroit qu'elle a appelé... le paradis. J'ai repensé à ses paroles pendant tout le trajet depuis l'hôpital. Comment Amy pouvait-elle savoir que sa mère était morte dans l'accident, Maggie ? Elle est restée inconsciente depuis que c'est arrivé. Cela me dépasse », soupira-t-il.

Maggie se carra dans son fauteuil et le regarda un long moment.

« Peut-être Amy sait-elle que sa mère est morte parce qu'elle l'a vue ailleurs, exactement comme elle te l'a dit.

– Je ne te suis pas, lui répondit-il avec une expression intriguée.

– Il est possible qu'Amy ait eu une ESM.

– C'est quoi, ça, une ESM ? demanda Jake en haussant un sourcil.

– Une expérience au seuil de la mort. On a beaucoup écrit là-dessus, ces dernières années. Le Dr Élisabeth Kübler-Ross, cette spécialiste des sciences sociales qui exerçait à Chicago, a rédigé un article sur les malades en phase terminale quand elle était professeur titulaire au Billings Hospital, rattaché à l'université de Chicago. Cet article est devenu l'élément de base de son livre, *Les Derniers Instants de la vie,* qui m'a fascinée. Elle a écrit d'autres ouvrages et semble convaincue de la réalité des expériences au seuil de la mort. Bien d'autres gens y croient, Jake. Des médecins aussi. Le Dr Raymond Moody a réalisé la première étude d'après un témoignage vécu sur ce phénomène. Le Dr Melvin Morse est, lui aussi, un spécialiste de la question et il a écrit plusieurs livres sur les expériences au seuil de la mort.

– Alors, tu penses qu'Amy m'a sans doute dit la vérité ?

– C'est très possible... C'est même très probable.

– Comment expliques-tu les ESM, Maggie ?

– Je ne sais pas, je ne crois pas que je puisse... parce que je ne sais pas vraiment ce que c'est, Jake, murmura Maggie. Il existe quelques bons ouvrages là-dessus. Tu devrais peut-être en lire un. »

Maggie se pencha légèrement en avant et le fixa des yeux :

« Est-ce qu'Amy t'a décrit l'endroit où elle avait été ?

– Non. Elle a seulement dit que c'était très beau.

– A-t-elle dit quelque chose à propos de la lumière ?

– Oui, en effet, elle en a parlé. Comment le sais-tu ?

– Parce que la lumière, une lumière très brillante, est toujours mentionnée dans les expériences au seuil de la mort. Les gens ont l'impression d'avoir été enveloppés par cette lumière. Certains pensent même qu'elle les a transformés.

– Amy dit que c'était un endroit qui me plairait beaucoup parce qu'il est plein de lumière.

– Autre chose ?

– Non, je ne pense pas.

– Et à quel moment exactement t'a-t-elle raconté tout cela ?

– À l'instant où elle s'est réveillée, au moment même où elle est sortie du coma.

– Alors, elle a peut-être eu une expérience au seuil de la mort. Elle n'a certainement pas eu le temps d'inventer une histoire de ce genre. De toute façon, précisa Maggie, il paraît que l'inconscience profonde, ou coma, est censée tout effacer, nettoyer l'esprit complètement.

– D'accord, admettons qu'Amy ait eu une ESM. Qu'est-ce que cela signifie précisément, pour elle ?

– Pour commencer, c'est une expérience qu'elle ne risque pas d'oublier. Apparemment, les gens qui l'ont vécue ne l'oublient jamais. Elle reste en eux pour toujours, jusqu'à la fin de leur vie. Évidemment, ils en sont troublés, comme tout le monde, et ils cherchent généralement une signification, un sens particulier à ce phénomène. Une ESM amène les gens à changer... Ce contact avec la mort et ce coup d'œil sur ce qu'il y a après la vie ne restent pas sans effet.

– Tu sembles en savoir long sur les expériences au seuil de la mort, Maggie, murmura Jake en lui lançant un regard intrigué.

– Eh bien, je n'en ai pas eu moi-même, mais j'ai parlé avec plusieurs personnes qui ont connu cet état. J'ai fait beaucoup de bénévolat quand j'étais à Chicago et, pendant quatre ans, j'ai travaillé plusieurs après-midi par semaine dans une résidence pour malades en phase terminale. C'est là que j'ai entendu parler des ESM pour la première fois. Les gens me racontaient leurs expériences et le fait est qu'ils y trouvaient un immense réconfort.

– Alors, tu crois que c'est réellement possible ?

– Je le pense, Jake. Je n'ai pas la prétention

de balayer ces phénomènes du revers de la main. Comment pourrait-on nier les expériences au seuil de la mort ? Ou la vie après la mort ? Ou même la notion de réincarnation, par exemple ? Personne n'en sait rien. Il y a beaucoup de choses qui demeurent inexpliquées dans ce monde. Je serais la dernière à affirmer que les phénomènes paranormaux n'existent pas. Ou qu'ils ne peuvent pas se produire. J'ai un esprit ouvert.

– Amy ne lit pas beaucoup, reconnut Jake spontanément. Je suis donc certain que ce n'est pas dans les livres qu'elle a découvert les expériences au seuil de la mort, Maggie.

– On en a beaucoup parlé à la télévision, ces dernières années, déclara-t-elle en hochant la tête, mais je suis pratiquement certaine qu'Amy a vécu une expérience de cet ordre. Je ne pense pas qu'elle ait pu l'inventer, pas une seconde.

– Pourquoi dis-tu cela ?

– D'après ce que tu m'as raconté, Jake, Amy n'a pas suffisamment d'imagination pour inventer une histoire pareille.

– Là, tu as raison, admit Jake en se laissant aller contre son dossier et en étouffant un bâillement.

– Oh ! Jake ! s'exclama Maggie, tu as l'air épuisé après ta veille à l'hôpital. Je pense que tu ferais bien d'aller au lit. Tu as besoin de te reposer, tu dois te lever de bonne heure demain matin. Nous avons une réunion de chantier à la ferme.

– Oui, reconnut-il en hochant la tête, je suis

complètement crevé. Mais, Dieu merci, nous avons enfin terminé les derniers plans. J'avais l'impression qu'on n'en viendrait jamais à bout.

– Ça, c'est vrai, répondit-elle en riant. Mais n'est-ce pas que Havers Hill est devenu un endroit merveilleux ?

– C'est indiscutable et c'est grâce à toi, Maggie de mon cœur. »

14

C'était une superbe journée d'octobre, une journée dorée, pleine de lumière. Les feuilles avaient déjà changé de couleur et les arbres étaient comme des palettes de cuivre et d'or, de rouille et de rose qui étincelaient sous le soleil.

Amy ne se lassait pas d'admirer le paysage qui s'étendait derrière la petite maison de Jake, au bord de la route 341, trouvant que tout était absolument magnifique, ce jour-là. Toutes ces couleurs à couper le souffle, tous ces arbres aux teintes flamboyantes. Et le ciel était d'un bleu éclatant, sans le moindre nuage. Il faisait très doux, suffisamment pour qu'elle puisse rester assise dehors sans sa veste, retirée un peu plus tôt, pendant le déjeuner partagé avec Jake.

Elle appuya sa tête contre le dossier et ferma les yeux, savourant la chaleur du soleil sur son visage. Elle se sentait détendue, en paix.

Au début de la semaine, Jake lui avait demandé ce qu'il pourrait faire pour l'aider à aller mieux et elle avait répondu qu'elle aimerait pique-niquer à la campagne. C'était lui qui avait eu l'idée de l'amener ici, dans sa petite maison blanche, et elle en avait été ravie. Cela lui faisait plaisir de voir où il habitait depuis qu'ils ne vivaient plus ensemble. En outre, elle aimait le terrain avec ses arbres magnifiques, le joli jardin et les prairies qui le prolongeaient. Il lui avait même fait visiter son atelier-studio, dans la grange rouge, qui lui avait beaucoup plu.

En entendant ses pas sur le sentier, Amy ouvrit les yeux et s'assit.

« Tiens, Amy, de la tarte aux pommes avec de la glace, exactement comme tu le voulais.

– Tu me gâtes trop, lui dit Amy en souriant. Et je savoure chaque minute qui passe.

– Voudras-tu du thé ou du café, tout à l'heure ? demanda-t-il en déposant le plateau sur ses genoux.

– Du thé, s'il te plaît, et merci pour tout ça. »

Elle jeta un coup d'œil sur la glace.

« Oh ! Jake, tu t'es rappelé que j'adore le mélange pistache-framboise. »

Jake fit oui de la tête, en souriant, content de la voir heureuse. Elle ne se plaignait jamais, mais il savait que la douleur lui laissait peu de répit, depuis quelque temps. Si l'inviter chez lui et pique-niquer avec elle pouvait contribuer à alléger ses souffrances, alors, il n'allait pas l'en priver.

« Je reviens tout de suite, ma belle, dit-il en repartant vers la cuisine. Et ne m'attends pas, je ne prends que du café. »

Amy mangea un peu de glace, en y prenant plaisir, mais elle fut incapable de la terminer. Elle avait très peu d'appétit et ne put avaler que deux ou trois bouchées de tarte aux pommes. Elle se laissa aller contre le dossier, attendant que Jake revienne.

Elle entendit soudain de la musique et elle sourit en songeant qu'il avait réussi à installer des fils et des haut-parleurs dans le jardin. Kiri Te Kanawa interprétait « Vissi d'Arte » et sa voix splendide s'élevait vers le ciel.

« D'où vient la musique, Jake ? demanda-t-elle quand il fut de retour et alors qu'il se tenait devant elle en lui tendant une tasse de thé.

– Des pierres chantantes, là-bas, au milieu des plates-bandes. »

Elle éclata de rire et il se joignit à elle. Puis il lui demanda :

« Encore un peu de dessert, Amy ?

– Non, merci, Jake, mais c'était délicieux. »

Il la débarrassa de l'assiette et s'assit à côté d'elle avec sa tasse de café.

« J'espère que ce pique-nique à la campagne t'a fait du bien, murmura-t-il en lui lançant un coup d'œil.

– Absolument. C'est si gentil de ta part de m'avoir invitée pendant ton seul jour de repos. Je sais à quel point les dimanches comptent pour toi.

– Moi aussi, ça m'a fait plaisir, Amy. Tu sais

que je ferai tout pour t'aider, pour que tu te sentes mieux. »

Amy se tourna légèrement de côté et fixa son regard sur lui. Elle l'aimait énormément. Il était le seul homme qu'elle eût jamais aimé... depuis l'époque de ses douze ans. Il avait toujours représenté tant de choses pour elle ; il lui donnait le sentiment d'être une femme exceptionnelle. Et il était tellement gentil. Tout le temps. Amy considérait qu'elle avait eu la chance extraordinaire d'avoir conquis son cœur, d'être son épouse. Ses amies l'avaient enviée, mais elle savait qu'elles ne voyaient de lui que son physique. Elle était la seule à savoir combien il était bon et généreux.

« Pourquoi me regardes-tu comme ça, Amy ? demanda Jake. Quelque chose ne va pas ? J'ai du noir sur la figure ?

– Non, répondit-elle avec un signe de tête négatif. J'étais en train de penser que nous nous connaissons depuis une éternité. »

Elle s'arrêta, se racla la gorge et poursuivit prudemment :

« Mavis m'a emmenée voir l'avocat, vendredi, Jake, et j'ai...

– Voyons, Amy, tu ne dois pas t'en faire pour le divorce en ce moment. Occupe-toi d'abord d'aller mieux.

– Je n'ai pas été le voir pour le divorce. Nous n'aurons pas besoin de divorcer. »

Il la regarda, impassible. Il ne savait pas quoi répondre.

« Je vais mourir, Jake, reprit-elle. Je ne suis pas sûre de voir la fin de l'année... Je le sais...

– Mais, Amy, le médecin dit que ton état s'améliore de jour en jour », l'interrompit-il hâtivement.

Amy hocha la tête.

« Il peut bien le penser, mais *moi* je sais que c'est faux. Quoi qu'il en soit, j'ai été voir l'avocat parce que je voulais faire mon testament. C'est indispensable, maintenant que ma mère est morte. Elle m'a laissé sa maison de New Milford, tu sais, ainsi que les meubles et tout ce qu'elle possédait. Un peu d'argent, aussi. Alors, j'ai fait mon testament et je t'ai tout légué. »

Jake la dévisagea, interloqué. Puis il dit :

« Mais que fais-tu de ta tante Violet et de Mavis ? Ce sont tes plus proches parentes.

– Non. C'est toi, Jake Cantrell. Tu es mon mari. Nous sommes toujours mariés, même si nous ne vivons plus ensemble. Et, en ma qualité d'épouse, je te lègue tous mes biens. Exception faite de quelques petites choses pour tante Violet et Mavis, quelques bijoux de ma mère, quelques porcelaines, ce genre de choses. Je veux que tu aies tout le reste.

– Je ne sais pas quoi dire », commença-t-il, les yeux rivés sur elle.

Amy esquissa un sourire.

« Il n'y a rien à dire, Jake.

– Si c'est ce que tu veux, alors, je te remercie, Amy, murmura-t-il, ne sachant ce qu'il aurait pu dire d'autre.

– Il y a quelque chose que j'aimerais ajouter... Je voudrais m'excuser, Jake, te dire combien je regrette d'avoir été une mauvaise épouse.

– Amy, pour l'amour du ciel, tu n'étais pas une mauvaise épouse ! s'écria-t-il. Tu as toujours fait de ton mieux. Je le sais.

– Ce mieux n'était pas suffisant. Pas pour toi, Jake. J'étais toujours si négative et si apathique, et je ne t'ai jamais soutenu lorsque tu t'efforçais de nous construire une vie meilleure. Je faisais tout de travers et j'en suis sincèrement désolée. »

Il la regarda en silence, de nouveau à court de mots.

« Je suis vraiment morte, la nuit de l'accident, reprit Amy. J'ai quitté mon corps. Je veux dire que mon âme a quitté mon corps. Ou mon esprit, si tu préfères. Je me suis retrouvée sur un autre plan, dans une autre dimension. J'ai vu mon père. Ensuite, ma mère l'a rejoint. C'est comme cela que j'ai su qu'elle était morte. Il y avait une ancienne âme qui s'occupait de moi et elle m'a conduite vers la grotte de la sagesse. Là, il y avait deux esprits féminins, des Sages, qui m'ont expliqué bien des choses et m'ont fait comprendre à quel point j'avais mal agi. J'ai vu toute ma vie, Jake ; j'ai vu mon passé et j'ai vu le tien. »

Jake garda le silence.

« Je ne peux plus rien changer à ma vie, poursuivit Amy, parce que je n'ai plus assez de temps. Je suis devenue celle que j'aurais toujours dû être et j'essaie de réparer mes erreurs. »

Elle se renversa contre le dossier en fixant Jake du regard.

« Tu es sceptique, n'est-ce pas ? À propos de ma mort et de mon retour, je veux dire.

– En fait, non, je ne le suis pas. Je sais que d'autres personnes ont vécu des expériences semblables et il existe plusieurs livres qui traitent de ce sujet.

– Je l'ignorais, même si je n'ai jamais pensé être la seule à qui c'était arrivé.

– Ce qui t'est arrivé s'appelle une expérience au seuil de la mort, Amy. »

Amy hocha la tête et ferma les yeux. Au bout d'un moment, elle les rouvrit. Elle se pencha en avant et les fixa sur Jake.

Il battit des paupières. Ils semblaient plus brillants, plus débordants de vie, comme il ne les avait encore jamais vus, et le sourire qui s'épanouissait sur son visage était incroyablement serein.

« Je n'ai pas seulement vu mon passé et le tien, Jake, dit Amy. J'ai également vu ton avenir. Je n'ai pas pu voir le mien, puisque je n'en ai pas. Pas dans cette dimension, du moins.

– Tu as vu mon avenir, répéta-t-il.

– Oui, en effet. Il y a une femme dans ta vie, Jake, et tu l'aimes de tout ton cœur. Elle est plus âgée que toi, mais cela n'a aucune importance. Toi et elle, vous êtes faits l'un pour l'autre. Vous avez toujours été faits l'un pour l'autre et ta vie tout entière n'a été qu'un long voyage pour aller à sa rencontre. Tout comme la sienne a consisté à aller au-devant de toi. Autrefois, vous étiez des âmes qui étaient fondues en un tout, puis vous avez été séparées. Vous avez passé toute votre vie à tenter de vous retrouver. Et quand cela s'est produit, vous êtes redevenus un tout. Ne doute jamais d'elle, quoi qu'il arrive. »

Jake ouvrit la bouche, mais aucun mot n'en sortit.

« Cette femme, continua Amy, ton âme sœur, porte ton enfant. Elle est enceinte de cinq mois. Le bébé va naître en février. Ce sera un garçon, Jake, tu vas avoir le fils dont tu as toujours rêvé. Ton avenir s'annonce bien. Tu connaîtras la prospérité ; tu avais raison de vouloir fonder ta propre entreprise. Elle se développera et cette femme, qui t'est tant dévouée et qui sera ton épouse, deviendra également ton associée. Tu vas avoir tout ce que tu as toujours désiré, Jake, et que, pour une raison ou une autre, tu n'as jamais pu avoir avec moi. Mais tu ne dois pas laisser le succès te changer ou te tourner la tête. Tu es un homme formidable. Tu dois rester fidèle à tes valeurs.

– Je ne sais pas quoi dire, Amy. C'est vrai que j'ai rencontré quelqu'un. En avril. Je ne t'en ai jamais parlé parce que je ne voulais pas te blesser...

– Tu n'as rien à dire de plus ; c'est inutile. C'est moi qui t'ai blessé. On me l'a expliqué et on m'a renvoyée pour que j'éclaircisse tout cela avec toi et pour que je t'aide pour ton avenir.

– De quelle façon ?

– En te montrant la voie à suivre, en te mettant sur la bonne route. Tu as déjà commencé avec ton âme sœur. Elle est solide, avisée, et tu devras toujours l'écouter. Tu dois lui demander conseil. Et tu dois aussi te fier à ton instinct. Tu vois juste, généralement. Aie davantage confiance en toi.

– Je ne sais vraiment pas quoi dire », répéta Jake.

Amy le regardait intensément et il la trouva adorable. Il avait l'impression, en ce moment précis, qu'elle était complètement transformée. Son visage était radieux, ses yeux bleu pâle brillaient et étincelaient, même la perruque blonde et bouclée qu'elle portait avait soudain l'air de lui aller parfaitement.

« C'est maintenant à moi de te demander pourquoi tu me regardes comme ça, s'exclama Amy.

– J'étais en train de me dire que tu es extraordinairement radieuse.

– Je le suis. *Intérieurement.* Je veux que tu me promettes quelque chose, Jake.

– Tout ce que tu voudras, Amy. De quoi s'agit-il ?

– Je veux que tu me promettes de te marier immédiatement après ma mort. Je ne veux pas que tu prennes le deuil. De toute façon, cela ne rimerait à rien puisque nous sommes séparés depuis presque deux ans. Davantage même, si l'on pense aux années que nous avons passées ensemble sans communiquer. Est-ce que tu me le promets ? »

Jake fit oui de la tête. Amy reprit :

« Je pense que je vais mourir bientôt, Jake.

– Oh ! Amy...

– Il y a autre chose que je dois te dire et c'est ceci : l'amour est ce qu'il y a de plus important au monde.

– Oui, tu as raison », répondit Jake.

Amy le gratifia de son sourire radieux et ajouta doucement :

« Je n'ai pas peur de mourir. Plus maintenant, Jake. Tu vois, je sais qu'il y a une vie après la mort. Pas une vie comme celle que nous connaissons ici, mais une vie dans une autre dimension. Je serai contente d'être débarrassée de mon corps ; alors, mon esprit sera enfin libre... »

15

Maggie regardait par la fenêtre de la cuisine, se demandant ce qui était arrivé à Jake. La neige tombait dru et les minuscules flocons cristallins restaient collés à la vitre. Elle était toujours inquiète pour lui quand il faisait mauvais. Les routes pouvaient être si dangereuses.

« Les embouteillages de Noël, se dit-elle, c'est ce qui doit le retarder. Il avait promis d'être ici vers deux heures, mais il a peut-être été retenu au Petit Théâtre, à Kent. »

À la demande de Samantha, il avait accepté d'aller voir l'un des éclairages qui avait lâché, la veille au soir. Aucun des machinistes ne savait comment régler le problème une fois pour toutes. Et comme c'était Jake qui les avait conçus, Samantha et Maggie étaient certaines qu'il saurait quoi faire.

Les pensées de Maggie se fixèrent un moment sur *les Sorcières de Salem*. La pièce était à l'affiche depuis septembre et, à la surprise générale, tenait encore pour le plus grand bonheur de tous.

On jouait à guichets fermés tous les week-ends. En tant que productrice, metteur en scène et propriétaire du théâtre, Samantha rayonnait.

Tournant le dos à la fenêtre, Maggie traversa la cuisine d'un pas qui se faisait plus lent depuis quelque temps. Elle était enceinte de sept mois. Le bébé, un garçon, naîtrait dans deux mois et elle était impatiente d'accoucher. C'était un gros bébé et elle se sentait alourdie ; elle avait l'impression d'être chaque jour plus ralentie.

Assise à la table de la cuisine, elle regarda sa liste de cadeaux. Ayant commencé plus tôt cette année, elle avait presque fini ses achats de Noël. Ce jour-là était un samedi, le 16 décembre, et Jake devrait se charger de tout ce qui lui manquait encore. Maggie savait qu'elle n'avait plus la force de jouer des coudes dans les boutiques, dans les grands magasins, du moins.

En tout cas, elle n'aurait pas besoin de cuisiner. Jake et elle passeraient le jour de Noël avec Samantha. C'était le grand jour, évidemment ; et, le soir, Samantha viendrait avec quelques-uns des comédiens et des autres membres de la troupe. Depuis des semaines, Maggie avait décidé de préparer un buffet froid, ce qui lui demanderait beaucoup moins d'efforts.

Maggie se leva et se dirigea pesamment vers le petit salon et l'arbre de Noël. Au cours des deux dernières semaines, elle l'avait décoré avec Jake, petit à petit, parce que ses affaires ne lui laissaient pas un instant de répit. Et elle était trop maladroite pour lui être d'une grande utilité.

Maggie sourit intérieurement et posa ses mains sur son ventre. Le bébé était son trésor. Le sien et celui de Jake. Il n'en pouvait plus d'attendre qu'il soit né et il ne cessait de la dorloter, de la traiter comme un objet fragile et précieux.

Debout devant l'arbre, elle l'examina d'un œil critique, sachant que certaines branches étaient un peu trop dénudées. Peut-être auraient-ils le temps de faire un saut au *Silo* pour acheter d'autres glaçons dorés et argentés, des anges dorés et des fruits. Jake et elle avaient décoré un arbre en or et en argent, avec quelques touches de rouge et de bleu par-ci, par-là. Il était vraiment magnifique.

Maggie retourna lentement dans la cuisine et s'assit de nouveau à la fenêtre pour l'attendre, souhaitant qu'il fût déjà là. Au bout d'un moment, elle se leva, s'approcha de la radio et l'alluma.

« Écoutez les anges qui chantent, gloire au roi nouveau-né. Paix sur la terre et que la douce miséricorde... », chantait une voix de femme.

Maggie cessa d'écouter. Elle venait d'entendre la camionnette pénétrer dans la cour et elle fixa la porte, impatiente de le voir arriver.

Comme chaque fois qu'elle le revoyait, même après une très courte absence, elle ressentit ce choc au creux de l'estomac. C'était cela, être amoureuse. Parfois, elle craignait de l'aimer trop fort.

« Bonsoir, chérie », dit Jake en s'avançant vers elle.

Il répandait de la neige sur le plancher propre, mais Maggie n'en avait cure.

« Bonsoir, mon amour, répondit-elle avec un sourire épanoui. Je commençais à m'inquiéter, à me demander pourquoi tu tardais tant.

– Ce fichu système que j'ai inventé ! s'exclama-t-il en l'attirant dans ses bras et en l'embrassant sur les joues.

– Oh ! Jake, tu as la figure gelée, et les mains aussi. Pourquoi n'as-tu pas mis tes gants et ton écharpe ? »

Il eut le sourire d'un petit garçon.

« Allons, cesse de t'en faire pour moi. Je vais bien. En tout cas, le système va tenir le coup ce soir et demain. Mais je pense que je vais devoir bricoler quelque chose la semaine prochaine. Samantha va me tuer si cela ne fonctionne pas parfaitement.

– Veux-tu une tasse de café ? »

Jake refusa de la tête.

« Je pense que nous ferions mieux de partir. Il neige fort et ça tient. Il va nous falloir une bonne demi-heure d'ici à New Milford. As-tu la plante pour Amy ?

– Elle est sur la table. »

Jake alla la chercher et la regarda.

« C'est très joli, ton ruban bleu et argent, Maggie. »

Elle approuva d'un signe de tête.

« On y va, Jake ?

– Oui. Je vais chercher ton manteau. »

Lorsqu'ils arrivèrent à New Milford, la neige s'était arrêtée et le soleil brillait dans un ciel d'un bleu pur.

Maggie s'agrippa au bras de Jake tandis qu'ils suivaient l'allée. Les dalles étaient recouvertes d'une légère couche de neige et elle avait peur de glisser.

« On y est, dit Jake quelques secondes plus tard. Laisse-moi m'en occuper. »

Tout en parlant, il ôta le papier qui enveloppait la plante et le fourra dans sa poche. Puis il se pencha pour déposer le minuscule conifère sur la tombe encore fraîche.

En se redressant, il se tourna vers Maggie et passa son bras autour de sa taille.

« Je suis content que nous soyons venus, murmura-t-il. Je lui avais promis que nous le ferions. " Vous viendrez sur ma tombe dès que vous le pourrez, après votre mariage ", m'avait-elle dit et elle me l'avait fait promettre.

– Elle est en paix maintenant, murmura Maggie. Elle en a fini avec toutes ses souffrances.

– Son âme est libre, ajouta Jake en hochant la tête. Elle n'avait plus du tout peur de mourir, à la fin. »

Maggie retira ses gants. Elle se pencha sur la tombe pour faire bouffer le ruban bleu et argent. Sa large alliance en or brillait au soleil de l'après-midi.

« C'est parce qu'Amy savait où elle allait », murmura-t-elle.

Jake se contenta d'approuver d'un signe de tête et entoura sa femme de son bras en un geste protecteur. Ils restèrent debout devant la tombe, silencieux, perdus dans leurs pensées. Jake songeait à Amy qui était morte deux semaines plus tôt. Il l'avait connue pendant presque toute sa vie et elle avait été son amour d'adolescent. À un moment donné, quelque chose avait mal tourné entre eux. Mais, finalement, ils étaient toujours amis. Cette pensée lui faisait plaisir. Il était heureux de l'avoir soutenue pendant sa maladie, d'avoir pu la réconforter dans ses derniers moments. Il était auprès d'elle quand elle était morte et ses derniers mots avaient été pour lui.

« Que Dieu te bénisse, Jake, avait-elle dit. Ainsi que ton âme sœur et le bébé. »

Une semaine après les obsèques, Maggie et lui s'étaient mariés, respectant le désir d'Amy qui voulait qu'ils le fassent sans attendre. Il avait tenu à ce qu'il en soit ainsi, sachant que Maggie était d'accord. Le mariage avait été célébré dans la maison de Samantha, à Washington ; elle avait été intraitable là-dessus. Elle s'était arrangée avec un juge de paix de la ville, un ami de sa famille, pour qu'il célèbre la courte cérémonie. Elle et Alice Ferrier, qui signait les costumes de la troupe, avaient été les témoins du couple.

Jake savait qu'il n'oublierait jamais ce samedi

matin de la semaine précédente. Le jour de leur mariage. Maggie était resplendissante et débordante de vie. Elle portait une robe de grossesse en laine bleue qui rappelait la couleur de ses yeux, mais ne réussissait guère à cacher un ventre de sept mois. Ni l'un ni l'autre ne s'en souciaient. Les yeux de Maggie s'emplirent de larmes quand le juge les déclara mari et femme, et ceux de Jake aussi. Tous deux avaient été très émus, ce matin-là et pendant les jours qui suivirent.

Sam avait commandé le déjeuner, et les comédiens des *Sorcières de Salem* leur avaient porté un toast et leur avaient souhaité beaucoup de bonheur avant de repartir pour le Petit Théâtre, à Kent. Pour Jake, ce jour-là avait été le plus beau de sa vie.

« Nous ferions mieux de partir, Maggie, dit Jake. Il recommence à neiger. »

Ensemble, ils suivirent l'allée qui menait aux grilles du cimetière. À un moment donné, Maggie leva les yeux vers le ciel et, très haut, juste au-dessus d'eux, elle vit un arc-en-ciel. Il était flou, mais il était bien là. Elle cligna des yeux, éblouie par le soleil. Quand elle les tourna de nouveau vers le ciel, l'arc-en-ciel avait disparu.

Elle prit le bras de Jake tandis qu'ils continuaient dans l'allée et, finalement, elle dit d'un ton paisible :

« Le cycle de la vie est sans fin et cela ne changera jamais.

– Que veux-tu dire ? demanda-t-il en la regardant, les sourcils froncés.

– Il y a une mort... et il y aura bientôt une naissance. C'est comme ça. Et il en sera toujours ainsi. Une âme repose en paix, une nouvelle âme est sur le point de naître. »

Jake hocha la tête et garda le silence ; ils sortirent du cimetière et retournèrent à la Jeep. Après avoir aidé Maggie à s'installer et avoir lui-même pris place sur le siège du conducteur, il se pencha vers elle et l'embrassa sur la joue.

« Je t'aime, Maggie de mon cœur », dit-il.

Il regarda son gros ventre, le couvrit de sa main et ajouta :

« Et j'aime notre bébé. Il naîtra avec la bénédiction des fées.

– Oh ! je le sais, répondit Maggie en lui souriant. Allons, chéri, il est temps de rentrer à la maison. »

« La maison », pensa Jake en mettant le contact. *La maison.*

Achevé d'imprimer en mars 1997
sur presse Cameron
par **Bussière Camedan Imprimeries**
à Saint-Amand-Montrond (Cher)

N° d'édition : 6535. N° d'impression : 1/340.
Dépôt légal : mars 1997.
Imprimé en France